격투하는 자에게 동그라미를

격투하는 자에게 동그라미를

초판 1쇄 발행일 2007년 10월 1일

지은이 미우라 시온
옮긴이 권남희
펴낸이 이정원

펴낸 곳 도서출판 들녘
등록일자 1987년 12월 12일
등록번호 10-156
주소 경기도 파주시 교하읍 문발리 출판문화정보산업단지 513-9
전화 마케팅 031-955-7374 편집 031-955-7381
팩시밀리 031-955-7393
홈페이지 www.ddd21.co.kr

값은 뒤표지에 있습니다. 잘못된 책은 구입하신 곳에서 바꿔드립니다.
ISBN 978-89-7527-581-4(03830)

격투하는 자에게 동그라미를

들녘

순서

열대우림 속에 우뚝 솟은 석탑에서 공주는 지상을 내려다보고 있다. 밤새 내린 비로 흙탕이 된 강물이 울창하게 우거진 나무 사이로 뱀처럼 구불거리면서 흘러간다. 물은 탁하지만 이따금씩 비늘처럼 햇빛을 반사한다. 그 모습이 마치 시장에서 파는 서커스용 큰 뱀 같다고 공주는 생각한다.

탑 앞 광장에는 남자들이 모여 있다. 모두들 화려하게 치장한 코끼리를 끌고 공주가 있는 탑을 향해 일렬로 줄을 서 있다. 오늘따라 유달리 뜨거운 햇볕에 남자들도 코끼리들도 까맣게 탔다. 피부에서 아지랑이처럼 수증기가 피어올랐다. 공주의 시야가 흔들린다.

"공주님, 이제 슬슬 준비하시어요."

유모가 방에 들어오자, 공주는 눈치채지 못하게 살짝 뺨을 닦고는 창가에서 돌아섰다. 눈부신 바깥세상과 달리 탑 속의 방은 늘 어두컴컴했다.

"여기 갈아입으실 옷 가지고 왔어요."

어여쁜 옷을 받쳐든 유모의 말에 공주는 묵묵히 따랐다. 어릴 때부터 공주를 돌봐온 유모는 걱정스러운 듯이 이야기한다.

"공주님, 잘 아시리라 생각합니다만, 오늘은 공주님이 맞선을 보는 날입니다. 아침 일찍부터 온 나라 남자들이 코끼리를 데리고 공주님 앞에 대령했답니다."

공주는 한숨을 내쉬었다.

"알고 있어. 지금부터 안뜰로 나가서 저 사람들이 데려온 코끼리를 한 마리 한 마리 보면 되는 거지?"

"그렇사옵니다. 공주님이 마음에 드는 코끼리를 고르시면, 그 코끼리의 주인이 황공하게도 공주님의 낭군님이 되시옵니다."

유모의 도움을 받아 어여쁜 옷을 입은 공주는 또 한 번 한숨을 내쉬며 창밖으로 아래를 내려다본다. 남자들과 코끼리는 이제나 저제나 맞선이 시작되기를 기다리고 있다.

"저, 공주님. 여쭙기 대단히 송구합니다만, 공주님은 코끼리가 무엇을 상징하는지 아시옵니까?"

공주는 몹시 민망해하는 중년의 유모를 보았다.

"…… 코끼리가 경사스런 동물이기 때문이 아니더냐?"

"오, 그것도 맞습니다. 그러나 그것 말고도 말이죠, 코끼리를 데리고 온 주인을 상징한다고 할 수 있답니다."

공주는 무슨 말인지 잘 알아듣지 못했지만 고개를 끄덕였다. 유모가 용기를 내 평소의 어조로 말을 잇는다.

"이 맞선은 신성한 의식입니다. 자신을 과장되게 꾸민 게 발각되면 그 벌로 거세를 당하게 되지요. 그런데도 많은 젊은이들이 공주님의 마음을 사려고 코끼리를 고르고 골라 여기까지 왔습니다. 부디 그 사실을 명심하시고 신중하게 코끼리를 고르십시오."

"알았어."

공주는 귀찮은 듯이 대답했다. 창가에 걸터앉아 지평선까지

이어지는 녹색 정글과 반짝거리며 흐르는 강물을 묵묵히 바라보았다. 나는 오늘 알지도 못하는 남자를 골라(그것도 코끼리를 통해!), 이 탑 안에서 평생 풍요롭지만 지루하게 살아가야 한다. 나를 원하는 게 아니라 재력과 권력을 욕심내는 인간을 남편으로 삼아. 공주는 재촉하는 유모와 하인들을 따라 안뜰로 향했다.

유모가 말하는 '상징'이나 '거세'가 무슨 의미인지는 모른다. 그러나 어쩔 수 없다. 이것은 몇 백 년이나 계속되어온 신성한 '의식'이다. 오랜 전설에서처럼 어느 날 신의 사자인 코끼리가 찾아와, 나를 등에 태우고 둥실둥실 정글 저 너머 신들의 나라로 날아가준다면……. 그런 기대를 품고 있었건만 안타깝게도 공주의 꿈은 오늘 깨지려 하고 있다. '어느 누구도 나를 이 탑에서 데리고 나가주지 않았어.' 안뜰에 늘어선 거대한 코끼리들을 바라보며 공주는 눈물을 꾹 참았다.

기왕이면 작고 귀여운 코끼리를 골라야지, 하고 공주는 생각했다.

지망

슬슬 이곳을 나가야 한다.

오늘은 다섯 시간 동안 만화를 열여덟 권이나 보았다. 그럭저럭 적당한 페이스라고 할 수 있다. 정적이 감도는 만화 카페에서 나는 늘어지게 기지개를 켰다. 다 읽은 만화책을 안고 가서 책꽂이에 도로 꽂아놓았다. 결린 어깨를 풀며 카운터에 서서 계산을 기다리고 있는데, 누군가의 휴대전화가 울린다.

"예, 여보세요. 아, 지금 출장지. 오늘은 바로 퇴근할 거야. 아니, 응. 보드에 써줘. 미안, 그럼 이만."

아까부터 『시즈카나루돈』을 읽고 있던 양복 입은 남자였다. 그의 목소리가 만화 카페 안에 울려 퍼졌지만,

누구 한 사람 고개를 들어 남자를 쳐다보는 이가 없다.

"거짓말쟁이! 여긴 만화 카페잖아!"

소리쳐줄까도 생각했지만, 그래봐야 내게 무슨 득이 되겠는가. 아마 그는 영업 실적이 부진해 땡땡이를 치고 여기에 왔을 것이다. 나도 취업 활동을 땡땡이치고 여기 왔으니까. 둘이 하고 있는 짓에 무슨 차이가 있어? 굳이 말하자면 회사에 들어가기 전인데도 왠지 해고 사원 같아 보이는 내 쪽이 약간 더 비참하게 느껴진다.

비 내리는 3월, 잘 맞지도 않는 구두를 질질 끌면서 역으로 향했다. 스타킹에 물이 튀겨서 기분이 나빴다. 나는 이 스타킹이라는 물건이 마음에 들지 않는다. 그렇잖아도 무르기 쉬운 피부를 이런 정체 모를 것으로 감싸다니! 도대체 이해가 안 간다. 나는 원래 맨다리에 자신이 있다. 내 다리는 여전히 늘씬하고 아름답고 탱탱하다. 체모가 적은 편이라 애써 다리털을 손질하지 않아도 피부는 언제나 매끈매끈하다. 그런데 취업 전선에 나서게 되자 틀에 박힌 면접용 정장을 입고 흰 스타킹에 펌프스를 신는다(나는 너무 희지 않은 스타킹을 골랐다). 면접관 아저씨들은 맨다리를 쳐다보면 눈이 부신 걸까? 아니면 스타킹을 확 찢고 맨다리에 키스하는 걸 좋아하는 걸까? 그 사람처럼.

자동 개찰구가 느닷없이 철커덕 닫히는 바람에 꼴사납게 가로막혔다. 스타킹에만 신경 쓰다가 지하철 정기권을 잘못 넣은 것이다. 등 뒤에서 혀를 차는 회사원에게 사과하고 잠시 후퇴. 이번에는 실수하지 않고 사철私鐵 정기권을 넣었다. 오늘은 자동차 회사 설명회에 다녀온 걸로 해야지. 혀를 차던 남자가 들고 있던 서류 봉투에 적힌 회사 이름을 떠올리며, 이제 완전히 캄캄해진 전철 창밖을 내다보았다.

"가나코, 오늘 간 회사는 어땠니?"

왔다, 왔다. 매일 새엄마가 취업 활동이 어떻게 돼가고 있는지 성가시게 묻기 때문에 열심히 하는 척 위장하느라 면접용 정장을 입고 집을 나가는 것뿐이다. 그러나 지금이 바로 명연기를 보일 장면이라 생각하면서 입에 물고 있던 밥을 꾹 삼켰다.

"아직 설명회밖에 하지 않았지만 탄탄한 회사였어요. 자동차 회사."

찻잔을 비운 새엄마는 두 잔째 녹차를 따랐다.

"너, 요전에는 요구르트든지 우윳지 만드는 회사 설명

회에 갔었지? 대체 어느 곳에 취직하고 싶은 거니?"

어머니, 그것은 그날 아침에 먹은 플레인 요구르트 회사일 뿐입니다. 사실은 설명회조차 아직 한 군데도 안 갔습니다. 나는 생선살을 바르면서 머리를 최대 속도로 가동시켰다. 그러나 변변한 변명거리가 생각나지 않았다. 언젠가는 알게 될 일. 결국 본심을 말하기로 했다.

"저어, 출판사에 취직하려고 해요. 그렇지만 다른 업종도 좀 둘러본 뒤에 결정하려고요."

"출판사."

이런, 마음에 들지 않는 걸까. 좀 더 탄탄한 곳으로 "아뇨, 은행."이라고 고쳐 말할까 생각했지만 그거야말로 정말 뜬금없다. 생선이 너무 퍼석퍼석한 것 같다.

"그래, 출판일이 어떤 일인지 제대로 조사해봤니?"

다 식어빠진 차를 그제야 한 모금 마신다. 나는 내심 안도의 한숨을 내쉰다.

"예, 그건 이미."

15년 이상 읽어온 만화 속에는 수많은 편집자가 등장했다. 그들은 케이크를 들고 만화가 집을 방문한다. 그리고 그걸 먹으면서 멍하니 원고가 완성되기를 기다리는 대책 없이 온순한 사람들이다. 그런 거라면 나도 할 수 있다. 케이크를 먹고, 만화를 읽고, 몇 시간이고 멍청히 뭔가를 기다리기. 모두 내 특기다.

새엄마는 고개를 끄덕이며 부엌으로 갔다. 그때까지 잠자코 텔레비전을 보고 있던 남동생이 히죽히죽 웃으며 식탁에 팔꿈치를 짚었다.

"만화 카페 갔다 왔지?"

"그래서 뭐 잘못됐니?"

같은 피가 반만 섞인 남동생이지만 나는 조금도 싫지 않다. 고등학생인데도 세상 물정에 밝고, 부러울 정도로 행동력과 운동 능력이 뛰어나다. 게다가 동생은 이슬을 머금고 바람에 흔들리는 거미줄처럼 감정이 섬세하다. 집에서 뒹구는 걸 좋아하고, 한심한 운동치에, 새엄마와 끝없는 냉전을 벌이면서도 움쩍하지 않는 나일론 밧줄 같은 신경을 가진 나와는 매사 정반대다.

"몇 권 읽었어?"

"열여덟 권."

동생은 다시 텔레비전으로 시선을 돌리며 쿡쿡 웃었다.

"뭐야?"

"누나가 어릴 때부터 지금까지 열심히 하고 있는 건 만화책 보는 일뿐이야."

맞는 말이라 잠자코 있었다. 사실 내가 정열을 갖고 달려드는 일이라곤 만화를 보는 게 고작이다. 하지만 그렇기 때문에 나름대로 만화에 대해서는 생각하는 바가 있다. 스스로는 그림을 그리지 못하기 때문에 이런 만화가 있으면 어떨까, 이런 표현은 만화에 어울리지 않을까, 하는 생각을 많이 한다. 편집자가 되어 그것을 실현하고, 유망한 신인을 발굴하는 건 얼마나 가슴 설레는 일인가!

"지 씨한테서 전화 왔었어."

저녁밥을 먹고 식탁을 정리하던 나는, 만화 편집자가 되어 신인이 가져온 원고를 퇴짜 놓는 상상을 망쳐놓은 동생을 바라보았다.

"지 씨라니, 사이온지 씨?"

"또 누가 있어?"

식후 담배 한 대를 피우려고 화장실에 가는 동생에게 혀를 쏙 내밀어 보이고, 행주로 힘껏 식탁을 닦았다. 묵직한 통판 식탁의 다리가 삐걱삐걱 소리를 내며 다다미 바닥에 박힌다. 정원에서 쿵 하고 대나무 물레방아가 울렸다.

그리고 2주일이 지났다. 나는 몇 개의 회사에 엽서를 보내기도 하고 사이온지 씨를 따라 교토에 다녀오기도 하며 바쁘게 지냈다. 3월 중순부터 4월 초까지는 꽃가루 때문에 눈과 코와 목, 심지어 머릿속까지 가려워서 1년 중 가장 짜증나고 고통스럽다. 몇 안 되는 대학 친구인 스나코와 니키가 취업 활동도 제대로 하지 않은 주제에 여행까지 가는 나를 걱정스러운 듯 지켜보았다. 그러나 출판계는 다른 회사에 비해 모집 시기가 늦다. 내가 볼 때는 아직 한 곳도 합격하지 못했을 뿐만 아니라, 희망하는 직종도 제대로 정해놓지 않은 두 사람이 오히려 걱정스럽다. 뭐, 태평스러움이 우리 멤버의 특징이긴 하다. 하지만 언제든 쉽사리 취직할 수 있을 거라 믿고 있으니 뻰뻰스럽기 짝이 없다. 언젠가 천벌을 받겠지.

사이온지 씨는 서예가로 나이는 아마 예순다섯에서 일흔 살 사이일 것이다. 이렇게 못 쓴 글씨여도 괜찮다면 나도 서예가가 될 수 있겠다는 생각이 들곤 하지만, 세상 사람들은 그걸 달필이라고 한다. 사이온지 씨는 내 다리를 특히 좋아한다. 그는 내 다리를 핥기도 하고, 얼음으로 차갑게 해서 품에 안기도 하고, 예쁘게 페디큐어를 해준 후 발가락을 빨기도 한다. 동생은 내 이야기를 듣고 '변태 영감'이라며 얼굴을 찌푸리지만, 나는 사이온지 씨의 그런 점을 은근히 좋아해 벌써 2년째 사귀고 있다. 사이온지 씨가 교토에서 개인전을 열기 때문에 나는 그와 열흘 정도 교토의 여관에 틀어박혀 그런 짓을 했다. 나 역시 처음에는 이상한 사람이라고 생각했지만, 곧 이런저런 방법으로 내 다리를 갖고 노는 그에게 익숙해졌다. 내가 그렇게 고백했을 때 사이온지 씨는 만족스러운 듯 웃었다.

"가나코도 드디어 이 길의 깊이를 알게 됐구나."

사이온지 씨가 사준 야쓰하시(교토 명산품 과자—옮긴이)를 선물로 들고 터무니없이 큰 전통 일본식 가옥인 집으로 돌아왔더니, 교토에 가기 전 나흘 동안 마구 이력서를 뿌려댄 보람이 있어, 몇 군데에서 시험을 보러 오라는 통지가 와 있었다. 끊임없이 콧물을 훌쩍거리면서 통지서를 음미한 끝에 취직 시험과 면접 연습을 겸해 유명 백화점에 일단 응시해보기로 결정했다. 직원이 되면 직원 특별 할인으로 옷을 살 수 있을 테니까.

설명회에는 면접용 정장 차림으로 가는 것이 일반적일 것 같은데, 통지서에는 굳이 '평상복 차림으로 오세요' 라고 쓰여 있었다. 나는 마음먹고 귀여운 주름이 든 검은 카디건에 검은 스커트, 검은 스타킹에 무릎까지 오는 표범 무늬(절대 천박하지 않다) 부츠로 완벽하게 코디를 하고 갔다. 그러나 설명회장은 여봐란 듯 정장 차림이 물결치고 있었다. 나는 있는 대로 욕을 퍼붓고 싶은 기분이 들었지만, 시간이 간당간당했기 때문에 300명은 족히 앉아 있는 그 큰 방을 활보하여 아직 비어 있는 맨 앞줄 자리까지 갔다. 통로 옆에 앉은 사람들이 모두 내 부츠를 주시했다. 겨우 자리에 앉아 책상 위에 표범 무늬 핸드백(물론 부츠와 세트다)과 야쓰하시가 든 비닐봉지를 내려놓았다.

'평상복으로' 라는 글귀를 읽고, "백화점 측은 학생들의 패션 센스를 평가할 생각이구나. 좋았어." 하고 신경써서 입었는데 억측이 지나쳤던 것 같다. 그렇지만 백화점 측이 말한 '평상복' 이라는 기준을 통과한 사람은 나뿐이니, 그 자리에서 나 한 사람만 합격시켜도 전혀 이상한 일이 아니다. 혹시 내가 모르는 사이에 면접용 정장이 대학생의 평상복이 된 걸까?

"면접용 정장 입으신 분들은 불합격이니 퇴장해주십시오."

이렇게 되지 않을까 내심 기대했지만, 그런 일은 일어나지 않았다. 곧바로 문제지와 답안지를 나누어줄 뿐이었다. 백에서 샤프펜슬을 꺼낸 나는 또 한 번 놀랐다. 문제지 앞에 '적성검사(SPI) 테스트'라고 쓰여 있는 게 아닌가! 어째서 백화점에 들어가기 위해 스파이 적성이 필요하지? 내용을 보니 지능 검사 같은 것으로, 국어는 물론 수학 문제까지 있었다. 그러나 뇌를 사용해 더하기 빼기를 해본 지가 거의 5년이 넘은 나로서는 뭐가 뭔지 하나도 알 수가 없었다. 그래서 적당히 답안지를 색칠하고는 '뭐 하나도 스파이와 관계없는 테스트네' 하면서 멍청히 앉아 있었다.

진짜 짜증나는 곳이야. 투덜거리면서 시험이 끝나자마자 학교로 갔더니, 아직 학기가 시작되기 전이어선지 한산하기만 한 학교 식당에 스나코와 니키가 앉아 있었다.

"어머, 가나코. 교토에서 돌아왔구나."

스나코가 반갑게 손을 흔들었다. 담배를 피우던 니키는 읽고 있던 책에서 눈만 치켜드는 게 인사였다.

"응, 어제. 이거 기념 선물."

나는 손에 들고 있던 야쓰하시를 테이블에 내려놓고는 덜그럭거리며 의자를 빼서 앉았다. 스나코와 니키는 얼른 꾸러미를 풀더니 과자 가루를 묻히면서 야쓰하시를 먹기 시작했다.

"방금 취직 시험이란 걸 보고 왔어."

우와, 하고 두 사람은 얼빠진 소리를 지른다.

"어땠어?"

묻는 니키에게 먼저 주의부터 주었다.

"니키, 입에 가루 묻었어."

그리고는 바로 오늘의 일을 보고했다. 그 결과, SPI니 하는 것은 스파이 시험이 아니라 취직시험에서 자주 실시되는 적성검사란 걸 알았다.

"스파이라면 스펠링이 SPY일 걸?"

니키가 냉정하게 허를 찔렀다.

"아, 그런가. 그렇구나."

나는 얼굴이 빨개져서 중얼거렸다. 평소 문제집을 풀면서 공부를 해둬야 하는 건가. 그러나 우리가 아무리 머리를 쥐어짜도 어째서 하나같이 면접용 정장을 입고 왔는지 알 수가 없었다. 한동안 바삭바삭 야쓰하시 먹는 소리만 났다.

"어, 후지사키 씨."

톤이 높은 희한한 목소리가 들려와 혹시나 하고 돌아

보니 '정보 군君' 으로 불리는 사사모토가 서 있었다. 내가 다른 과 수업에 들어갔을 때 알게 된 남자다. 3학년 기말 고사를 앞두고 있었는데, 뻔뻔스럽게 그는 안면도 없는 내게, "노트 좀 빌려주지 않을래?" 하고 말을 걸어왔다. 낯짝도 두꺼운 인간이네 하고 흘끗 올려다보니 그는 취향도 독특한 플란넬 셔츠를 입고 있었다.

"네가 누군데?" 하고 쌀쌀맞게 대꾸해주고 그냥 물러나려는데, 그가 "아, 나? 국제관계학과의 사사모토야." 하고 우렁차게 자기소개를 했다.

"너도 3학년이지? 취업 활동 시작되고 바쁘지 않냐? 난 수업에 도통 들어가지 못했어. 그런데 어쩌다 가끔 얼굴을 비칠 때면 네가 꼭 출석해 있더라. 노트 좀 빌려주라."

"싫어."

딱 잘라 거절하고 나는 자리에서 일어섰다. 누군지도 모르는 인간하고는 관계를 맺지 않는 게 좋다.

그런데 그 다음 주에도 그가 나를 기다리고 있었다. 이미 노트는 다른 데서 구한 것 같았다. 이번에는 내게 취업 활동 순서와 노하우에 대해 강의를 시작했다. 내 이름과 학과까지 제대로 알아가지고 왔던 것이다.

"그러니까 말이야, 가장 먼저 할 일은 자료 청구 엽서를 보낼 것! 아직 아무 데도 안 냈냐, 후지사키?"

그는 인터넷까지 뒤져서 기업 정보를 모으고 있는 것 같다. 사명감으로 불타는 그는 급기야 문학부에까지 출몰했다. 니키와 스나코에게 '정보 군'이라고 불리며 미움을 샀다. 그러나 일부러 문학부에까지 찾아와 일일이 설명을 해주니, 우리도 더 이상 박대하지 못하고 그의 정보를 고맙게 청취했다.

"오랜만이야. 취업과에 들른 길에 와봤어. 방학 중이지만 후지사키가 와 있을 거 같아서."

정보 군도 면접용 정장을 입고 있는 걸로 봐 벌써 어느 회사의 설명회에 다녀오는 듯했다.

"여어, 니키, 스나코." 인사하는 그에게, "엄청 친한 척하네." 하고 니키가 작은 소리로 중얼거렸다. 정보 군은 자기 멋대로 의자에 앉더니, "그래, 취업 활동은 잘 되고 있어?" 하고 기대에 찰랑이는 눈으로 우리 얼굴을 둘러보았다.

"아니. 나 오늘 처음 시험 쳤는걸."

교육성과가 전혀 나타나지 않는 우리에게 정보 군은 조금 실망한 것 같았다.

"좀 더 분발하지 않으면 아무 데도 안 걸려."

"그런데 뭐 하나 가르쳐줄래?"

스나코가 붙임성 있게 웃으면서 말했다.

"오늘 말이야, 가나코가 '평상복으로' 라고 하는 지시대로 평상복으로 갔더니, 모두 정장을 입었더래. 왜 그런 거야?"

"그야 '평상복' 이니까."

정보 군은 나를 위아래로 훑더니, 한숨을 길게 내쉬었다.

"안 돼, 그 복장."

"어째서?"

"어째서라니? 취업 안내서에 쓰여 있잖아."

책을 읽는 자세로 있던 니키의 어깨가 축 처졌다. 스나코의 얼굴에서는 이미 웃음이 가셨다.

"정말?"

정말 취업 안내서에 쓰인 말이니? 하는 의미로 물었지만,

"물론이지. '무난함이 제일' 이라고 쓰여 있어." 하고 정보 군은 자신 있게 말했다.

"그러고 보니 나도 오빠한테 들은 적 있어."

스나코가 입을 열었다.

"오빠가 취업 활동할 때, 어떤 면접장에 곰돌이 옷을 입고 온 학생이 있었대."

곰돌이 옷! 우리는 경악했다.

"모든 사람의 주목을 받았지만, 면접관은 전혀 동요하지 않고 담담하게 다른 학생들과 같은 질문만 하더래."

"곰돌이 옷에 대해서는 아무 말 않고?" 니키가 웃으면서 물었다.

"응. 곰돌이에게 '그럼 먼저 지망 동기부터 말해보세요' 라고만 묻고, '그 차림은 뭔가요?' 따위의 질문은 전혀 하지 않았대."

"면접관의 승리다."

"그러게. 기발함이 먹히지 않은 거야."

"앗, 세미나 시간이다. 후지사키, 다음부턴 제대로 정장 입고 가."

정보 군은 곰돌이 옷으로 분위기가 살아난 니키와 스나코를 싹 무시한 채 가방을 들고 황급히 식당을 빠져나갔다.

"세미나?"

바람처럼 가버린 그를 어이없다는 듯이 지켜보던 니

키가 다시 내게 시선을 돌리며 물었다.

"취업 활동용 세미나래. 자기분석인가 뭔가를 해서, '자신이라는 인간에 대해 이야기를 나누는' 건가 봐."

"세뇌 전문가의 자기 계발 세미나와 어떻게 다르니, 그거?"

니키는 그렇게 말하고 푸르르 고개를 흔들더니, 이번에는 정말 독서에 몰두하기 시작했다.

다 먹은 야쓰하시 상자를 찌그러뜨려 쓰레기통에 버렸다. 서점 가서 취업 안내서라도 읽고 와야 하나.

'평상복' 이라고 해서 평상복으로 갔더니만, 시험에 통과했으니 1차 면접을 보러 오라고 연락이 왔다. 새엄마가 전화를 받고서 빈정거린다.

"이번에는 백화점이니?"

전화 저편에서 남자가 사무적으로 면접 일시를 말하고, 굳이 '평상복으로' 를 덧붙였다. 수화기를 내려놓으면서 이것은 뭔가 음모라고 생각했다. 시키는 대로 평상복 차림으로 온 사람을, '순진하게 남의 말을 곧이곧대로 듣는 인간' 이라고 눈여겨 두었다가, 나중에 비싼 도자기라도 팔아먹을 심산이 아닐까? 어떡하지? 너무 강압적으로 팔아넘기려고 하면 나도 모르게 도장을 찍어

줘 빚에 허덕이게 되는 건 아닐까……. 그런 생각을 하고 있는데, 반질반질 닦인 복도 모퉁이에서 동생이 모습을 나타냈다.

"저기, 다비토. 평상복이란 게 어떤 뜻이니?"

확인차 물어보았다.

"평소에 입는 옷이란 뜻입니다, 누님."

멍청한 강아지를 보는 듯 나를 흘끗 쳐다보더니, 동생은 밤놀이를 나갔다.

어째서 내가 필기시험을 통과했는지 곧 그 이유를 알게 되었다. 방에는 100명 정도의 학생이 모여 있었다. 어쩐지 전부 같은 학교 학생들 같았다. 출신 학교는 따지지 않는다고 하면서 학교 이름으로 선별한 게 분명했다. 요행으로 합격한 인간이 많은 것으로 유명한 대학인데 말이지. 이렇게 날림으로 직원을 뽑는 회사의 장래가 걱정됐다.

이미 짐작하고 있던 바지만, 이번에도 모든 인간이 면접용 정장 차림이었다. 나는 반은 고집으로, 지난번과 똑같은 표범 무늬 부츠 차림으로 갔다. 방에는 ㅁ자형으로 정렬해놓은 책상이 곳곳에 있었다. 그룹 면접을 하는 것이다. 지정석에 앉았다. 학생 여덟 명에 대학 동문이라는 면접관 한 명이 붙어서 여러 가지 질문을 하는 형식인 듯하다.

1. '평상복' 이 바로 '면접용 정장' 이라는 것

2.비밀리에 학교 이름으로 사람을 모집하고 있다는 것(그렇다면 귀찮은 스파이 시험은 생략해도 됐잖아).

이 두 가지 사실만으로도 벌떡 일어서서 나가고 싶은 생각이 굴뚝 같았다. 나가서 모처럼 시내 나온 길에 만화 카페에라도 들를까 하고 한숨을 쉬며 백을 들었을 때 대학 동문인 듯한 면접관이 자리로 와 앉았다. 일어설 타이밍을 놓쳤다.

면접관은 하기와라 쇼켄(유명한 영화배우—옮긴이)을 닮았다. 나는 그의 긴 속눈썹만 멍하니 쳐다보고 있었기에 어떤 질문을 받고 어떤 대답을 했는지 기억나지 않는다. 아마 그저 그랬을 것이다. 결과가 어떻게 되든 상관없을 때는 얼마든지 '무난한' 인간이 될 수 있다.

옆에 있는 여자는, "저는 아이들을 너무 좋아해서 아동복 매장에서……." 어쩌고 하며 열심히 이야기하고 있다. 나는 기본적으로 아이를 좋아한다고 공언하는 여자를 믿지 않는다. 난 모성 본능이 넘치는 부드러운 여자예요, 하는 메스꺼운 자기 어필을 하려는 것 같기 때문이다. 그런 여자일수록 아이를 학대한다. 아기들 똥은 물기가 많아서 잘 튄대. 그래도 좋겠니?

다섯 살 차이 나는 동생이 아기였을 때를 떠올리며 나는 쿡 웃었다. 그 무렵은 아버지도 집에 있던 때였다. 아버지는 기저귀를 가느라 분투하는 새엄마를 도우려다가 방바닥에 튄 똥을 미처 못 보고 미끄덩 그것을 밟아버렸다.

희미하게 웃고 있는 나를 발견했는지 하기와라 쇼켄을 닮은 면접관이 "후지사키 씨는 질문 없습니까?" 하고 부드럽게 물었다. 면접이 시작된 후 얼마 지나지 않은 짧은 시간이지만 그가 마음에 들었다. 거만하지도 않고 비굴하지도 않고, 대담하지만 부끄러움을 모르는 것도 아니라고 생각했기 때문이다. 나는 지원자에게 나누어준 회사 자료를 새삼 훑어보면서 물었다.

"사내 결혼율이 높은 것 같습니다. 결혼하지 않으면 주눅이 들게 되나요?"

그러자 쇼켄은 온화하게 미소지으며, "결혼할 생각이 없나요?" 하고 되물었다.

"현재 상태로 확실하게 약속을 주고받은 상대는 없

습니다."

그는 후훗 웃으며 대답했다.

"주눅이 들 건 없습니다. 오히려 우아하게 휴가를 즐기는 것 같더군요." 그리고 "마지막으로" 하고 그가 우리들을 둘러봤다.

"학생시절에 이걸 가장 열심히 했다 하는 게 있으면 말씀해보실까요?"

쇼켄은 제일 가까운 자리에 앉아 있던 나를 눈으로 가리켰다. 갑작스러운 질문이라 생각할 틈도 없었다.

"만화책 읽은 거요."

풋 하는 실소가 들렸다. 맞은편 자리에 앉아 있는 남자다.

차례대로 한 사람씩 대답해 나가다가 그의 차례가 되었다.

"음, 그녀를 소중히 한 것입니다."

나는 쾅 하고 책상을 박차고 일어나 남자의 손목을 잡고 등 뒤의 창에다 몇 번이고 내동댕이쳐 유리창에 피가 철철 흐르게 하고, 남자의 머리가 유리창을 깨자, 잘린 경동맥에서 피가 솟구치는 것도 아랑곳하지 않으며 다시 머리를 붙잡고 실내로 끌어들여, 이번에는 옆의 흰 벽에 뇌수가 다 튈 때까지 파이프 의자로 두들겨 패주었다. 그래도 부족해서 바닥에 쓰러진 남자를 표범 무늬 부츠로 '이래도냐' 하듯이 짓뭉개고 있는데 쇼켄이 말했다.

"수고하셨습니다, 오늘은 여기까지."

모두 덜그럭덜그럭 자리에서 일어나 쇼켄에게 인사를 하고 방을 나갔다. 나는 재수 없는 남자를 상상 속에서 실컷 두들겨 패주느라 조금 늦었다. 황급히 자료를 정리하고 있는데, 쇼켄이 "손이 예쁘군요."라고 말했다. 나는 가사 노동에서 완전히 해방된 몸이라 손이 예쁘다는 칭찬을 듣는 일이 많다. 물론 짧고 예쁘게 손톱을 깎고, 아름답게 매니큐어를 칠하는 일도 게을리하지 않는다.

"고맙습니다."

지금까지 살육했다는 걸 눈곱만치도 느끼지 못하도록 우아하게 인사를 하고 방에서 나왔다.

드디어 개강을 했다. 나는 서둘러 학교로 갔다. 방학이든 아니든 한결같이 빈둥거리는 인간은 긴 방학이 끝날 무렵이 되면 슬슬 사람들과 이야기를 하고 싶어 좀이 쑤신다. 특히 이번에는 모두들 취업 활동이라는 빅 이벤트에 참가하고 있다는 일체감이 있다. 요전에는 제대로 얘기를 나누지 못했던 스나코와 니키에게 그 재수 없는 남자 이야기를 보고할 생각을 하니 절로 기운이 났다.

누구에게 어떤 간섭도 받지 않고, 좋아하는 일을 자기 페이스대로 실컷 할 수 있는 대학 생활이 적성에 딱 맞았는데, 그것도 올해로 끝인가 생각하니 뭐라고 표현할 수 없을 만큼 쓸쓸해졌다. 약간 우울한 마음으로 강의실 문을 열자 정장 차림의 아이들이 간간이 눈에 띄었다. 인사를 건네면서 스나코 옆에 앉았다.

"어땠어? 백화점은?"

스나코가 방긋 웃으며 물어왔지만, 내 시선은 그녀의 손에 가 꽂혔다. 오른손 약지에 새 반지를 끼고 있다.

"잠깐만, 스나코. 그 반지는 어떻게 된 거야?"

그때 교수가 들어왔다.

"나중에 학교 식당에서 얘기하자."

스나코는 후후후 웃었다.

내 친구들에게는 일체감이나 감상이 이국의 언어처럼 통하지 않는다는 사실을 새삼 깨달았다.

애초에 수업에 들어올 마음이 없었는지, 니키는 학교 식당에 앉아 언제나처럼 책에서 흘끗 눈만 들어 인사를 했다. 우리는 니키와 같은 테이블에 앉자마자 바로 이야기를 나누었다.

“그래, 그 반지 어떻게 된 거야?”

“물론 선물 받았지.”

대체 몇 명째냐? 니키와 나는 시선을 교환하며 한숨을 쉬었다. 스나코는 외모가 화려해 항상 멋진 남자와 사귄다. 이번에도 스나코의 매력에 빠진 가엾은 남자가 그녀에게 반지를 사줬을 것이다. 그런데 스나코에게는 나쁜 버릇이 있다. 상대방이 차갑게 대하면 대할수록 타오르는 타입이다. 이렇게 반지를 사주면 스나코는 상대 남자에게 질린다. 스나코와 오래 사귀고 싶으면 차갑고 무심하게 그녀를 조종해야 한다. 하지만 사랑에 빠진 남자들은 그녀에게 해롱거린다.

“해롱해롱?”

니키가 웃음을 머금은 목소리로 말했다. 퍼뜩 정신을 차렸다. 아마 “또 해롱해롱이냐?” 하고 소리 내어 말했던 모양이다.

“가나코가 쓰는 단어들은 진부해.”

스나코도 그렇다고 고개를 끄덕인다.

“할아버지하고 사귀니까 그렇잖아.”

"제발 내버려둬."

나는 백에서 담배를 꺼내 불을 붙였다.

"담배 끊지 않았니?"

담배꽁초가 가득한 재떨이를 밀어주면서 니키가 말한다.

"꽃가루 알레르기로 고생할 때 이걸 피우면 좀 편해져."

후우 하고 연기를 토하면서 자포자기한 사람처럼 대답했다.

"그런데 너희들 취업 활동은 어떻게 된 거니? 내가 '그녀를 소중히 한 것입니다' 라고 지껄이는 바보 같은 놈을 상상 속에서 백만 번 정도 두들겨 패줄 동안 너희들은 대체 뭐 하고 있었던 거야?"

"남자친구랑 붙어 있었지."

"책 읽었어."

아, 싫다. 이 인간들, 인생을 우습게보고 있다. 눈물을 철철 흘리면서 담배를 뻑뻑 피우는 내게 두 사람이 "그게 뭔데? 그 이상한 말 하는 남자는?" 하고 물었다.

대충 상황을 설명하자 니키가 코웃음을 쳤다. 그리고 "사이온지 씨도 그렇고 그 면접관도 그렇고, 왜 가나코는 별 볼일 없는 사람들한테만 칭찬을 듣는 걸까?" 하면서 팔짱을 낀다. 그야 나는 스나코처럼 미인이 아니라, 손과 다리밖에는 칭찬받을 데가 없으니까 그렇지.

나는 부루퉁해져 잠자코 있었다.

"그러고 보니 가나코는 언젠가 축제 때도 손금 보는 아저씨가 '아가씨 손 정말 예쁘네' 하면서 꼭 잡고 안 놔줬던 적이 있었어."

둘은 남의 일이라고 한바탕 신이 나서 떠들었다.

"결국 가나코는 페티시스트들이 좋아하는 타입인 거야."

실컷 웃어대던 스나코가 나를 동정하는 척했다.

"사이온지 씨는 몰라도, 면접관은 그냥 본 대로 감상을 말해주었을 거야. 페티시스트가 아니야."

흐음? 하고 니키도 스나코도 의심스러워하는 것 같다.

"정말이라니까. 하기와라 쇼켄을 닮은, 좀 괜찮은 남자였긴 하지만."

우웩 하고 스나코가 징그럽다는 얼굴을 했다.

"나, 그렇게 이상하게 뛰는 남자 싫어."

응? 하고 생각할 틈도 없이 니키가 끼어들었다.

"스나코, 그 사람은 하기모토 킨이치(1941년 생의 유명한 연기자이자 사회자—옮긴이)야."

야야야. 힘이 쭉 빠진 내게 스나코가 얼굴이 빨개져

열심히 변명한다.

"그게, 가나코는 아저씨 취향이라 킨이치인 줄 알았어."

그랬더니 니키까지, "뭐, 서예가 할아버지와 사귀고 있으니 하기모토 킨이치도 충분히 젊어보일걸." 하면서 놀렸다.

"됐어. 너희들에게 동지애를 기대한 내가 바보였어."

비틀비틀 자리에서 일어선 내게 스나코가 태평스럽게 말했다.

"어머, 벌써 돌아가려고?"

진열장을 들여다보는 걸 보니 뭔가 먹을 생각인 것 같다. 나는 피로가 몰려와서 그냥 돌아가기로 했다. 저녁에는 커피숍에서 아르바이트도 해야 한다. 오늘쯤은 사이온지 씨를 만날 수 있을 것이다.

"정보 군에게 자극받아 어제 홈페이지에서 조사해봤어. 요즘 마루가와서점이 입사 지원서를 나눠주고 있더라. 내일 가볼래?"

니키가 등 뒤에서 말을 걸어왔다. 나는 입사 지원서를 나눠주고 있다는 공지가 붙은 취업과 게시판을 떠올렸다. 그리고 오케이 표시로 손을 팔랑팔랑 흔들었다.

집은 신주쿠에서 전철로 약 한 시간. K현의 F시에 있다. 나는 넓고 큰 집은 싫어하지만 방구석에서 유유자적하게 뒹구는 건 좋아한다. 집에서 가장 가까운 역에 있는 작은 커피숍에서 편한 아르바이트를 하고 있다. 사이온지 씨와 만난 것도 이 커피숍에서다. 가게 단골인 그는 내 다리가 아주 예쁘다고 칭찬해주었다. 그리고 어느 여름, 샌들을 신은 내 새끼발가락에 발톱이 제대로 붙어 있다는 걸 확인한 후에 나를 유혹했다.

그 후로 내가 아르바이트하러 가게에 가는 날이면 세 번에 한 번씩은 얼굴을 보이는 것이 암묵적인 약속이 되었다. 너무 자주 오면 내가 싫어할까 봐, 세 번에 한 번으로 참고 있다는 것도 이미 알고 있다. 그런 사이온지 씨가 할아버지인데도 귀엽게 느껴진다. 주위에서 뭐라고 하건 말건 우리는 꽤나 서로를 생각하고 사랑한다. 그야말로 '해롱해롱' 이다.

그러나 그날 사이온지 씨는 커피숍에 오지 않았다. 일을 마칠 즈음 가게 앞 청소를 마치고 거리를 바라볼 때 왠지 모르게 불안했다. 교토에서 돌아온 후 연락도 하지 않고 모습도 보이지 않다니. 여긴 좁은 동네다. 길을 걸으면 만나는 게 아는 사람인데, 왜 이렇게 보고 싶은 사람과 만날 수 없는 걸까. 사이온지 씨를 만나면 이제 갓 시작한 당황스러운 취업 활동에 대해 상담을 하고 싶다. 그런데 이렇게 소식 하나 없는 것은 처음 있는 일이다.

몸이라도 안 좋은 걸까? 불안한 마음에 안절부절못했지만 나는 그의 전화번호조차 몰랐다. 부인은 이미 세상을 떠났고 사이온지 씨 집에는 여동생과 아들 부부, 손자가 함께 살고 있다. 아직 제대로 가족의 기능을 하는 평범한 가정이다. 그저 넓기만 한 우리 집과는 다르다. 그래서 지금까지 전화를 건 적이 없었고, 해서는 안 된다고 생각했기 때문에 번호를 묻지도 않았다. 주소는 아니까 편지를 써보자. 그렇게 마음먹고 끙끙거리며 간판을 가게 안으로 넣었다.

교토 여행에 대한 감사의 말을 전하고, 사이온지 씨의 건강을 묻고, 또한 푸념처럼 들리지 않도록 근황 전하기. 그러나 생각보다 어려웠다. 몇 번이나 다시 쓰다 자정이 지나서야 겨우 봉투를 붙였다. 책상 위의 스탠드 불빛으로 이번에는 페디큐어를 확인한다. 사이온지 씨가 칠해준 그것은 아직 아름다운 광택을 유지하고 있다. 그제야 약간 안심이 돼 불을 끄고 움질움질 이불 속으로 들어갔다. 4월도 이미 중순으로 넘어가고 있는데, 나는 아직 휴대용 전기난로를 사용하고 있다. 발가락 끝이 금세 차가워지기 때문이다. 난로를 켜놓은 지 세 시간쯤 지나자 이불 속이 너무 더웠다. 나는 귀찮아서 "에이!" 하며 발로 난로를 이불 밖으로 밀어냈다. 밀어낸 난로의 스위치를 끄려면 자리에서 일어나야 하는데 어떻게 할까 곰곰이 생각하고 있었다.

베갯머리의 미닫이문 너머로 바람이 센지 대나무가 무섭게 흔들리고 있다. 왠지 겁이 난다. 난로 스위치는 그냥 내버려두자. 에너지를 낭비한다고 야단쳐도 어쩔 수 없다. 나는 이불을 뒤집어썼다.

그 때 복도에서 삐걱삐걱 울리는 소리가 났다. 가만히 이불에서 눈만 내밀고 엿보았다. 문에 그림자가 비친다. 때마침 돌아왔구나.

"다비토, 다비토."

이불 속에서 부르자 방 앞을 지나치던 그림자가 멈춰 서더니, 잠깐 사이를 두었다가 문을 연다.

"내가 깨운 거야?"

동생은 방에 한 걸음 들여놓고 이불과 한 몸이 된 나를 내려다보며 낮은 목소리로 말했다. 은색 귀고리가 밖에서 들어온 빛에 반사되어 반짝였다.

"아니, 자려던 참이야. 그런데 있잖아……."

나는 이불에서 손만 내밀어 발치를 가리켰다.

"저기 난로 스위치 좀 꺼주지 않을래?"

"누나."

동생은 분노를 넘어 어이없다는 목소리로 숨을 토했다.

"잠깐만 일어나면 될 일이잖아. 이런 일로 지나가는 사람 불러 세우지 말라고."

그러면서도 태어날 때부터 나의 못 말리는 게으름에 익숙해져 있는 동생은 몸을 구부려 스위치를 꺼주었다.

"고마워."

주머니를 뒤지면서 방을 나가려던 동생은 담배가 떨어졌는지 나를 돌아보았다.

"누님, 담배 있습니까?"

내밀고 있던 손으로 이번에는 책상을 가리켰다. 동생은 책상으로 다가가 스탠드를 켜고 담배를 찾아 한 개비 꺼내 물었다. 그러나 누워 있는 내 앞에서 피울 마음은 없는 것 같다.

"다비토, 너 밤에 너무 놀러 다니는 거 아니니? 엄마가 걱정하셔. 그리고 담배도 좀 줄여, 고등학생이잖아."

키 큰 동생이 씨익 웃었다.

"요즘에는 놀러 다니는 거 아냐. 컴퓨터 교실에 다니

고 있어."

"뭐야, 그건?"

이렇게 밤중까지 가르치는 컴퓨터 교실이 있을까? 게다가 이 녀석은 뭐든지 혼자서 터득해 통달하는 재주가 있다. 내가 잘 모르는 것들을 컴퓨터로 해치우는 걸 보면 이미 수준급이다.

"이제 키도 이만큼 컸으니 담배정도는 풀어줘도 되잖아?"

중학생 때, 잔뜩 멋을 부리며 담배를 피우는 동생에게 길게 설교를 한 적이 있다. 키가 작은 녀석들일수록 교복 차림으로 담배를 피우고 싶어한다. 나의 독자적인 통계에 따르면 중학교 때부터 상습적으로 담배를 피운 남자는 대체로 키가 자라지 않는다. 그러니 담배로 폼 잡으려 하기 전에 객관적으로 자신을 돌아보고, 제대로 키가 자란 후에 담배를 피우도록 해라. 동생은 시키는 대로 했다. 동생은 항상 냉정하고 이성적이고 싶어하는 타입이어서 객관성이 결여된 인간으로 보이는 것을 굴욕으로 생각한다. 그 후로는 매일 우유를 1리터씩 마셨다(물론 남들 눈을 피해서). 통계를 바탕으로 한 나의 적확한 충고와 자신의 꾸준한 노력으로, 지금은 키가 무려

180센티미터에 이른다.

"그렇지만 뭔가에 중독될 정도로 빠지는 것도 그다지 모양새가 좋진 않아."

니코틴 중독 기미가 있는 동생을 걱정해주고 있다는 것을 알았는지, 동생은 대꾸 없이 불을 껐다. 그리고 꽁초를 손가락에 끼고 까닥까닥 흔들다가 방을 나간다.

"누나는 여전히 글씨를 못 쓰는구나."

동생은 문을 닫고 복도로 걸어나갔다. 기척이 완전히 사라진 후에야 동생이 책상 위에 있는 사이온지 씨 앞으로 쓴 편지 봉투를 봤다는 것을 깨닫고, 어둠 속에서 혼자 으으윽 하고 신음했다.

다음 날은 점심때에 겨우 일어나 부랴부랴 학교로 향했다. 동생은 벌써 한참전에 일어나 씩씩하게 학교에 간 것 같다. 젊음은 못 당한다니까. 제일 가까운 M역까지 달려가다가 길가에 있는 우편함에 편지를 넣었다. 아르바이트 하는 커피숍의 지배인이 가게 앞에 물을 뿌리고 있었다.

"가나코, 이제 학교 가는 거야?"

상점가를 달려가면서, "지각이에요!" 하고 대답했다.

이렇게 꾸물꾸물하고 흐려 당장 비가 쏟아질 것 같은 날에 어째서 물을 뿌리지? 지배인이 하는 일은 언제나 요령이 없는데다 표적에서 빗나간다. 그래도 단골손님이 붙고, 그럭저럭 번창하는 것은 그의 태평스러운 성격과 나의 미소 덕분일 것이다.

전철에 올라탄 나는, 다음에 가면 아르바이트비 좀 올려달라고 해볼까 생각하면서 빈 좌석에 앉았다. 부옇게 안개가 낀 듯한 창 밖 풍경을 바라보는데 이내 졸음이 몰려왔다.

아직도 학점을 다 따지 못해서 일주일에 4일이나 수업을 들어야 했다. 30분정도 지각했지만 간신히 출석해 모두 끝마치고 나니 오후 세시가 지났다. 하늘은 점점 어두워졌다. 어쩐지 분위기가 어수선하다. 학교 식당을 들여다보았지만 니키가 보이지 않았다. 스나코의 모습도. 스나코는 오늘 수업이 없을 것이다. 새 학년이 시작된 지 얼마 지나지 않아 서로의 스케줄을 제대로 파악하지 못했다. 게다가 아무도 휴대전화 같은 걸 갖고 있지 않아서 만나는 건 완전히 그때그때 닥치는 대로다. 누구 하나라도 주도하는 사람이 있으면 좋으련만, 이 멤버로는 그런 걸 기대하기 어렵다.

니키를 찾으러 도서관에 가보았다. 짐작대로 소파를 점령한 채 잠들어 있는 니키를 발견했다.

"니키, 니키."

주위 사람들이 들을까 봐 신경 쓰며 얼굴을 가까이 가져가 말을 걸자, 가슴 위에 두 손을 포개고 관에 들어간 자세로 조용히 자고 있던 니키가 상반신을 벌떡 일으켰다. 흡혈귀처럼 깨어나는 모습에 약간 놀라고 있는데, 니키는 간신히 눈을 뜨고 구부러지지 않는 손가락으로 고양이털처럼 부드러운 머리카락을 쓸어내리며 나를 바라보았다.

"아, 가나코구나. 수업 끝났니?"

"응, 오늘은 몇 과목 있었어?"

"두 과목."

헉, 그럼 낮부터 계속 기다리고 있었네. 내가 사과하자 니키는 고개를 저었다.

"괜찮아. 수면부족이었거든. 지금 오길 잘 했어."

사서의 차가운 시선은 전혀 개의치 않고 니키는 한껏 기지개를 켰다.

"그럼 갈까?"

니키는 아무 일 없는 듯이 말했다.

학교에서 지하철로 두 번째 역에 마루가와서점이 있다. 역에 도착해 다리 옆 개찰구로 나왔지만, 우리는 어디로 가야 할지 몰라 당황했다. 물론 둘 다 지도를 갖고 다니는 센스 따위는 없다. 예상과 달리 마루가와서점 빌딩이 보이지 않는다.

“의외로 작은 덴가 봐.”

니키는 그런 문제가 아니잖아, 하는 눈으로 나를 보았다. 그리고 떨어지는 빗방울을 손바닥으로 받았다.

“비가 오네.”

허둥대며 주위를 둘러보다가 파출소가 보이길래 주저 없이 순경 아저씨에게 신세를 지기로 했다.

“세 번째 사거리에서 오른쪽으로 돌아 오른쪽 끝.”

순경 아저씨가 거침없이 대답한다. 마루가와 가는 길을 오늘하루 130번 정도 가르쳐주었다는 얼굴이다.

“라이벌이 꽤 많은 것 같지 않니?”

뚝뚝 떨어지는 빗속을 걸으면서 농담처럼 니키에게 말했다.

“왜 다들 지도를 갖고 오지 않을까?”

니키는 남의 일처럼 말했다. 아무래도 오늘의 니키는 평소보다 더 어벙해 보인다. 길을 걸으면서도 걸핏하면 사람들에게 부딪혀 그때마다 키가 크고 마른 니키는 비틀거린다. 나는 니키의 손을 잡고 걸었다. 무슨 고민이라도 있는 걸까? 이따금 니키를 올려다보지만 표정으로는 아무것도 알 수 없었다.

순경 아저씨가 가르쳐준 대로 큰길에서 바로 뒷길로 들어가 오른쪽으로 돌자 오른쪽에 크고 번쩍거리는 건물이 나타났다.

"대, 대단하다, 니키. 신흥종교 건물 같은걸."

니키도 입을 딱 벌렸다. 우리 둘은 잠시 넋을 잃었다.

"정말 여긴가?"

니키는 마음에 안 든다는 듯이 중얼거린다. 확실히 건물의 외양은 우리 취향이 아니다.

"응. 근데 저기 좀 봐."

커다란 현관의 자동문 위에 심벌마크인 토끼가 금색으로 빛나고 있다.

"소문대로 광신적인 기운이 있군."

저항을 포기한 것인지 니키는 터덜터덜 건물로 들어갔다. 나도 황급히 뒤좇았다.

현관홀 역시 만다라 같은 문양의 타일 벽으로 꾸며져 있고, 구석에는 갑옷과 투구가 놓여 있다.

"뭐, 뭐야, 저건? 출판사 맞아?"

"영화에 썼던 거 아닐까?"

둘이 소곤거리는데 화장을 짙게 한 접수처 아가씨가, "원서 받으러 오셨죠? 여기 있습니다." 하고 건네주었다. 어쩐지 빨리 꺼지라는 신호 같아서 인사를 하고 얼른 퇴장했다.

신흥종교 건물의 어전에서 물러나왔을 때쯤 본격적으로 비가 내리고 있었다.

"재앙이야."

엉터리 소리를 하면서 역 쪽으로 함께 뛰어갔다. 왠지 모르게 진이 빠졌다. 일단 적당한 가게에 들어가기로 했다.

니키는 줄곧 낮잠을 자느라 아직 식사도 하지 못했다. 나는 집에서 나오기 전에, "또 늦잠이니?" 하는 새엄마의 잔소리에도 굴하지 않고 든든히 챙겨먹고 왔다. 아이스티와 함께 샌드위치로 꾸역꾸역 배를 채우는 니키를 바라보았다.

니키는 눈 깜빡할 사이에 샌드위치를 다 먹어치웠다.

그리고 나서야 한숨을 돌리고 커피를 마셨다. 테이블 위에 둔 담배를 집으려다 옆자리를 보고는, 슬그머니 손을 내린다. 나는 세차게 비가 내리는 창 밖 거리를 멍하니 바라보고 있었다. 니키는 받아온 입사 지원서와 회사 안내 책자를 뒤적이다가 풋 하고 웃음을 터트렸다.

"왜?"

가게 안으로 시선을 돌린 내게 니키가 회사 안내 책자를 가리켰다.

"이거, 이 출판사 사장 이름, 엄청나다."

얼굴 사진과 함께 마루가와서점 사장의 이름이 번쩍번쩍 인쇄된 페이지를 펴놓고 있었다.

"마루가와 라오조……라오조羅王藏?"

"거창하지, 본명일까, 이거?"

"회사 경영하는 데 예명이 필요할 리 없잖아. 본명이겠지."

"대단해, 라오조. 태어날 때부터 마루가와의 제왕이 되도록 이름을 지었단 말이지!"

니키는 연거푸 감탄조로 말했다.

"좋겠다, 나도 출판사 사장 아들로 태어나면 좋았을 걸. 그러면 『북두신권』에 악역으로라도 등장시켜 달라고 떼를 썼을 텐데. 라오조."

하하하, 그럴 듯하네 하고 니키가 웃었다. 옆에서 케이크를 먹고 있던 어린 여자아이와 어머니가 니키의 이상한 웃음소리에 놀라 이쪽을 바라보았다. 우리는 잠시 출판사는 족벌 경영이 많아서 아무리 열심히 일해도 사장이 될 수 없다느니, 하면서 마치 이미 출판사에 들어간 것처럼 이야기했다. 요즘 세상에도 혈족끼리 경영권을 좌지우지하다니! 의외로 출판계는 케케묵은 곳이다! 이런 훌륭한 결론에 이르자 우리 사이에 침묵이 찾아왔다.

멀리서 번개가 쳤다. 니키는 또 뭔가 멍하니 생각하고 있다.

"……니키, 오늘 평소와 좀 달라보여. 무슨 일 있니?"

니키는 '예리하네' 하듯이 나를 보더니 체념한 기색으로 말했다.

"가나코, 네 졸업 논문이 '남자한테 반하기에 대해서'지?"

"응, 그래." 남은 얼음을 먹으려고 잔을 기울이면서 고개를 끄덕였다. 고금의 문헌과 영화, 연극에 걸쳐 남자에게 반한 실태와 그 표현을 분석하고, 거기에 담긴 성 의식과 차별성을 파헤치는 것이 내 연구 과제다. 니키는 결심한 듯 단숨에 말했다.

"나 있지, 호모일지도 몰라."

방금 잔을 기울여 얼음을 입에 물었다가 엉겁결에 잔에 도로 토해버렸다.

"……왜 그렇게 생각해?"

갑작스런 일이어서 신중하게 물었다. 그러고 보니 대학에서 알고 지낸 후, 니키가 여자와 사귄다는 이야기를 들은 적이 없다. 하지만 그러나 그것만으로 판단하는 건 섣부르다.

"전부터 친구로서 함께 있는 건 남자보다 여자 쪽이 훨씬 편하고 좋다고 생각했어. 그런데 어제 정말로 알게 됐어. 내가 줄곧 옆에 있어주길 원하는 것은, 뭔가 해주고 싶고 받고 싶다고 기대하는 대상은 언제나 남자라는 걸."

대체 어제의 '무엇이' 계기가 되어 해탈에 이르렀는지 알고 싶은 마음도 들었지만, 너무 깊이 들어가는 것도 예의가 아닌 것 같아 그것은 건드리지 않았다.

"……그럼 너는 심정적으로는 여자에 가까운 걸까."

니키는 식어버린 커피를 마시며 고개를 약간 갸웃거렸다.

"글쎄, 뭐 지금까지 여자에게 성적인 감정을 느낀 적이 없어서 이상하네, 라는 생각은 했어."

뭐, 뭐 이런 태평스러운 인간이 다 있나. 스무 살도 넘은 남자가 '이상하네'로 지금까지 넘겨왔다는 사실이 기가 막히다.

"나는 남자니 여자니 그런 건 잘 모르겠고, 가나코나 스나코와 함께 있으면 즐거워. 머리로는 '남자는 여자를 사랑해야 하는 것'이라고 알고 있기에, 뭐 남자 친구와도 평범하게 지내왔고……그러니까 남자에게 성욕을 느낄 수 있는지 어떤지는 모르겠어 '혹시 난 호모일지도' 하는 가능성에 이른 지 얼마 되지 않아서."

'어제' 무슨 일이 있었는지 호기심이 발동하는 걸 억누르느라 애를 쓰다가 다시 얼음을 입에 물었다. 그렇지만 니키가 거의 무성無性에 가깝다는 사실은 이미 알고 있었다. 지금까지도 그는 그다지 생물로서의 성이 느껴지지 않는 녀석이었다. 그래서 스나코와 나는 니키와 담백한 우정을 맺어올 수 있었다. 니키가 남자를 사랑하든 개를 사랑하든 성적으로 어떤 성별을 원하든, 그것으로 니키에 대한 내 마음이 변하는 건 아니다. 니키 역시 섹스로서도 젠더로서도 지금은 혼란스럽겠지만, 그렇다고 해서 우리와 지금까지의 관계가 끝나지는 않을 것이다. 그렇게 생각하니 겨우 마음이 가라앉았다.

"니키, 나는 생물학적으로 '남자'가 아니고, 지금까지 아무 생각 없이 다른 성별의 사람을 좋아해왔기 때문에, 너의 고민에 답을 제시해줄 수는 없지만 이야기를 들어 주는 건 할 수 있어."

제대로 마음을 전할 순 없었지만, 나는 혼자 끙끙거리며 고민하지 말라고 했다. 게다가 이것은 고민할 일이 아니다. 좋아하게 되는 상대가 누군들 어떤가. 설령 니키가 성적으로 어느 누구도 사랑할 수 없다 해도 우리는 친구로서 서로 사랑하고 있다. 니키가 사랑을 모르는 사람이 아니라는 것은 충분히 알고 있으니까 그걸로 됐다.

번쩍 하고 번갯불이 비치면서, 니키의 얼굴에 창을 타고 떨어지는 빗방울 그림자가 비쳤다. 영화에도 이런 장면이 있었다. 영화에서는 남자의 얼굴에 눈물처럼 빗방울 그림자가 비쳤지만, 지금은 식은땀처럼 니키의 얼굴을 타고 내렸다. 어떤 일도 영화처럼 되지는 않는다. 니키가 웃었다.

"'친구는 인간에 대한 최고의 존칭'이라더니 정말이군."

니키는 순정 만화를 많이 읽었다. 나도 이내 그 말의 출처를 알아챘다. 쑥스러운 마음에 고개를 숙이고 있는데 옆자리의 모녀가 우리를 수상하다는 듯이 또 쳐다보았다. 우리는 가게에서 나와 조금 환해진 하늘에서 떨어지는 미지근한 봄비를 맞으며 역까지 달렸다. 커피값은 니키가 냈다.

돌아오는 전철 안에서 스나코가, "나, 뚱뚱한 사람을 좋아하나 봐." 하고 고백했던 일을 떠올렸다. 그때도 너무 놀라 먹고 있던 오방떡을 뿜어버렸다. 스나코는 웃음을 참는 내게 이렇게 호소했다.

"뚱뚱한 사람이 와구와구 먹고 있는 걸 보면, '아유, 그렇게 먹으면 안 되지' 하고 걱정이 돼서 가슴이 아파. 영양사가 되어 식이요법을 해주고 싶다는 생각이 드는 거야. 나 정말 뚱보를 좋아하는 성향일까?"

나는 그것은 단지 네가 착해서야, 사람들이 말하는 '뚱보 취향'이라는 것과는 좀 달라, 하고 설명해주었다. 스나코는 안심한 듯 실망한 듯 야릇한 미소를 지었지만, 니키에게는 어떤 말도 할 수가 없었다.

결정적일 때 아무 말도 못하는 내가 안타깝다. 스나코라면 분명히 엉뚱하면서도 사람의 마음을 가볍게 해주는 한 마디를 할 수 있었을 텐데. 한숨을 내쉬었다. 기분 전환을 위해 마루가와서점의 회사 안내 책자를 펼치자, 라오조 씨가 신경질적인 눈으로 그러나 뭔가 연민에 찬 미소를 띠고 바라보고 있었다.

응모

백화점 2차 면접에 "이번에는 정장을 입고" 오라고 연락이 왔다. 전화를 한 인사부 남자는 "그만큼 중대한 국면에 접어들었다"고 말하고 싶은 것 같았지만, 이번에는 반대로 다른 사람들은 평상복, 나만 정장 차림으로 가는 무서운 상황이 벌어지는 게 아닐까 불안해졌다. 그러나 어른답게 마음속 동요 따위는 상대방이 전혀 눈치채지 못하도록 대답했다.

"예, 알겠습니다."

나는 순순히 정장을 입고 면접장이 있는 역에 내렸다. 백화점 연구소가 있는 그 작은 역은 면접용 정장을 입은 인간들로 넘쳐났다. 작은 담뱃가게며 채소가게가 즐비

한 비좁고 오래된 상점가를 면접용 정장 무리가 휩쓸고 지나간다. 나도 그 무리에 끼어들어 지도도 없이 흐름에 몸을 맡기고 목적지까지 실려가기를 기다렸다. 그때 저 앞에서 '그녀를 소중히 한 남자'가 걸어오고 있는 게 눈에 띄었다. 세상에! 그도 2차 면접에 온 것이다. 면접을 마치고 역으로 가는 참인가 보다.

대체 1차 면접은 어떤 심사 기준이었는지 의문스러웠다. 역시 쇼켄은 신용할 수가 없다. 직원 할인으로 옷을 사야지 생각했던 나도 한심하지만, 아무리 그래도 그와 내가 똑같이 1차 면접을 통과했다는 것이 이해가 가지 않았다. 정말 어처구니가 없었다. 그에게 밧줄을 걸어 아스팔트 위를 질질 끌고 다니다가 맨홀에 빠뜨린 다음 뚜껑을 덮어버리는 망상을 발동시키려고 했지만, 이제 그럴 기력조차 없다.

기분이 상해 면접 인간들의 무리에서 비틀비틀 벗어나 마침 눈에 들어온 작은 헌책방에 들어갔다. 그곳에서는 믿을 수 없게도 절판되어 입수하지 못한 문고를 100엔에, 유명한 헌책방에서 권당 800엔에 팔고 있는『근육맨』단행본(그것도 30권째 이후는 초판!)은 3권을 100엔에 팔고 있었다. 기뻐서 근래 보기 드물게 흥분했지만, 여기서 너무 미쳐 날뛰면 가게 주인이 그 진가를 눈치채게 될까 봐 지극히 냉정하게, 그리고 대수롭지 않다는 태도로 『근육맨』중 내가 잃어버린 권(그런 것에는 경이적인 기억력을 갖고 있다)과 읽고 싶었던 책을 잽싸게 구입했다. 가게 아줌마는 헌책방에서 볼 수 없는 사근사근한 태도로 이웃 슈퍼마켓에서 쓰는 재활용 비닐봉지에 그 책들을 넣어주었다.

일찍이 만난 적 없는 친절에 양심이 찔렸다. 그래서 잠시 망설이다가 말을 했다.

"저기요."

구식 금전등록기에서 동전을 꺼내는 아주머니에게 말을 걸었다.

"네?"

아주머니는 잔돈을 건네면서 방긋 웃었다. 역시 헌책방답지 않게 싹싹하다.

"여기 있는 만화요, 전문 헌책방에서는 꽤 비싼 값에 팔고 있는데, 괜찮으세요?"

쓸데없는 참견이라고 한 마디 들을 걸 각오했다.

"어머, 그래요? 그렇구나. 나는 사실 헌책에 대해서는 전혀 몰라요."

아주머니는 시원스럽게 웃었다. 분명히 이 가게는 완고한 시아버지가 물려주었고, 그녀의 남편은 회사원으로 헌책에 전혀 흥미가 없어 어쩔 수 없이 그녀가 가게를 지키고 있는 거라고 짐작했다.

"이 주변이 몇 년만 지나면 도로가 확장된다고 하더라고요, 그래서 그때까지 일단 가게는 열어둘 생각이에요. 남편이 회사에 출근한 동안 시간 때우는 거라서요."

예상한 것과 비슷하다. 카운터 안쪽을 재빨리 훑어보니 조합의 허가증이 기울어진 채 방치되어 있었다. 다른 헌책방과 교류도 없고, 시에도 출입하지 않는다는 증거다.

"저, 혹시, 혹시 만화책을 몽땅 처분하는 일이 생기면 여기로 전화 한 통 부탁드릴게요."

아주머니가 대답도 하기 전에 재빨리 수첩에 연락처를 적은 뒤 그 페이지를 찢어서 건넸다.

"여기 있는 만화는 꼭 제가 사고 싶어요. 지금은 돈이 없어서요. 앞으로도 종종 사러 올게요."

아주머니는 신기해했다.

"그건 괜찮지만. 이렇게 낡은 만화를요?"

만화를 좋아하는 사람들은 그 책들이 그대로 쓰레기

가 되어버린다는 사실을 참지 못한다. 인사를 하고 문으로 가다가, 무너질 듯 쌓여 있는 만화더미에서 아주 오래된 순정 만화를 발견했다. 나는 그 책을 들고 카운터의 아주머니에게로 되돌아갔다. 그렇게 몇 번이나 왕복을 거듭하다가 아주머니의 실소를 뒤로 하고 겨우 가게에서 빠져나왔다.

또 팔이 빠질 정도로 사버렸네. 혼자 쓴웃음을 지으면서도 날로 불어나는 벽장의 만화 컬렉션을 떠올리며 무거운 것 따위는 아무것도 아니라고, 신이 나서 역으로 돌아와 전철을 탔다.

다마 강을 지날 때에야 비로소 내가 무슨 목적으로 이 작은 역에 내렸는지 떠올렸다. 하지만 전철은 이미 나를 태우고 산 쪽으로 달려간다.

4월이 끝날 때까지 2주 동안 출판사 입사 지원서를 쓰면서 보냈다. '좋아하는 책과 잡지', '감동한 일', '기뻤던 일', '출판계의 전망은', '어떤 출판물을 만들고 싶은지 구체적으로' 등등……. 이런 걸 물어서 뭣하려는 거야. 탈진할 것 같은 설문과 작문 제목이 끝없이 이어져, 원고지로 환산하면 대체 몇 매 정도의 문장을 썼는지 모르겠다. 리포트도 제출 날짜 직전이 되지 않으면 쓰지 않는 성격이라 어느 원서나 마감 날이 되어서야 쓰기 시작했다. 그렇긴 하지만 반드시 만화 편집자가 되겠다는 목표가 있어서 백화점 때와는 의욕이 달랐다. 헉헉거리며 자전거를 타고 동네 우체국까지 가 속달로 보내는 짓을 되풀이했다.

그래도 학교는 꼬박꼬박 다니고, 커피숍 아르바이트도 하고, 만화 카페에서 『고르고 13』을 독파하고, 스나코와 니키의 말대로 '마이페이스'인 나날을 보냈다. 우리는 여전히 학교 식당에서 빈둥거렸다. 다른 학생들은 이미 수십 개의 회사와 접촉하고 있다는데, 우리 멤버 중에서는 '구체적으로 접촉한 곳은 한 군데뿐'인 내가 가장 왕성한 취업 활동을 하고 있었다. 이렇게 대책없이 여유를 부리는 이유는 무엇일까? 학교 식당 '테라스'에서 따뜻한 봄 햇살을 쬐면서 우리는 쉬고 있었다. (그렇지만 아무도 그곳을 테라스라고 부르지 않는다. '아마자라시(비를 맞게 내버려둔 곳—옮긴이)'라고 부르고 있다.)

수업 시간 중이라 학교 식당은 고요하기 그지없다.

이런 시기에 학교에 남아 있는 4학년생은 별로 없다. 우리 과는 이 대학 전체에서 가장 취업 활동율이 낮은

축에 든다. 교수님들도 걱정스러워한다.

"출석률이 높은 것은 좋지만 취업 활동은 하고 있겠지요?"

그러나 절박한 분위기는 없다. 학생도 교수도 취업에 대해 '달관' 했다고나 할까. 말은 멋있다. 하지만 사실은 장래에 대해 아무 생각 없이 이슬이라도 먹고 살 생각이냐고 다른 과 사람들이 놀릴 정도로 모두 현실과 동떨어져 있다. 그렇잖아도 무용지물로 몰리는 문학부 중에서도, 가장 써먹을 데 없기로 유명한 전통 예술이니 연극이니 영화를 좋아하는 인간들만 모인 과 아닌가. 밤새 멍청히 가구라(新樂 : 신에게 제사 지낼 때 연주하는 일본 고유의 무악—옮긴이)나 영화를 보는 인간이 회사에 가 민첩하게 거래처를 돌아다니는 특출한 재주를 부릴 수 있겠는가. 말하자면 쓸모없는 인간들이다.

스나코는 헌책방에 틀어박혀 면접도 제껴버린 것을 반성하고 있는 나를 곁눈질하며 '샐러드 덮밥' 을 아구아구 먹고 있다. 니키는 쌕쌕 가벼운 숨소리를 내며 봄 햇살을 만끽하는 중이다. 나도 기분을 바꾸어, '미트 소스 스파게티' 를 먹기로 했다. 지난 3년 동안 나는 스파게티 면의 삶은 정도에 일가견이 생길 정도로 '미트 소스 스파게티 전문가'가 되었다. 식당의 '면류' 담당인 아주머니와도 친한 사이다.

"아주머니, 미트스파."

"어머나, 가나코."

신참을 지도하고 있던 아주머니는 나를 보자 손수 면을 삶기 시작한다. 신참이 삶아서는 나를 만족시키지 못할 거라고 생각한 것이다.

"4학년인데 이렇게 학교 나와도 괜찮은 거니?"

아주머니가 냉동면을 풀어 삶고 깡통에 든 미트 소스를 듬뿍 뿌려주었다.

"음, 별로 괜찮진 않죠. 요전에도 그만 면접을 깜박했거든요."

아주머니는 다음 주문인 '산채우동' 만드는 법을 신참에게 지도하면서 웃었다.

"너희들은 하여간 딴 세상 애들 같아, 이슬과 미트스파밖에 안 먹는다고 우리 사이에선 유명하단다."

내가 3년 동안 열심히 포교한 덕분에 우리 과에는 '학교 식당 미트스파 애호가'가 꽤 많이 생겼다. 그러나 그런 것에만 열심이어서 뭘 할 거야? 힘없이 인사를 건네고 나는 '아마자라시'에 있는 두 친구에게 돌아왔다.

스나코는 마침 샐러드 덮밥을 다 해치운 참인 듯, 누워 있는 니키를 흔들어 깨우고 있었다.

"니키, 들어봐. 가나코도 들어봐."

"또오 미트스파 먹는 거야?"

니키와 나는 그 후 아무 일 없었던 듯이 어울리고 있다. 아직도 졸린 눈을 비비며 어리둥절해하는 니키의 셔츠를 스나코가 잡아당겼다.

"있지, 나 이대로 있다간 심장에 위궤양이 생길 것 같아."

스나코가 느닷없이 정서불안이 되어 이상한 소리를 꺼내는 것은 늘 있는 일이다.

"예, 예. 오늘은 어떤 일이십니까?"

나는 미트스파를 먹으면서, 니키는 가방에서 책을 꺼내면서 음성다중으로 묻는다.

"어제 노브에게 전화가 오지 않았다고."

"……누구냐, 노브는?"

츠르릅 면을 빨아들이면서 눈을 치뜨고 스나코를 본 다음, 니키를 쳐다보았다. 니키는 "글쎄." 하고 고개를 갸웃거렸다.

"너희들 너무해, 지금 사귀는 사람이지 누구겠어."

그런 이름이었던가, 하고 고개를 끄덕였다.

"하룻밤 정도 전화가 없는 걸 가지고 왜 그래?"

위로 모드다. 그러면서 동시에 사이온지 씨에게서 아무런 소식이 없다는 사실을 새삼 떠올린다. 편지를 보냈는데 답장도 전화도 없다. 커피숍에도 오지 않는다. 어떻게 된 일일까.

"어제는 꼭 전화해주길 바랐어. 목소리를 듣고 싶었다고. 취직이니 뭐니 우울한 일들뿐이어서 적어도 노브와 대화를 하고 싶었단 말이야."

이런, 스나코. 우리 중에 누가 우울할 만큼 취업 활동을 했다는 거니? 그러나 뭐 이럴 때는 잠자코 있어주는 것이 예의다. 입을 꾹 다물고 있는 니키와 나를 상대로 스나코는 구구절절 이야기를 풀어놓았다.

"내가 원할 때 전화를 해주지 않는 건 싫어. 너희들 아니? 가슴이 마구 타고 괴로워지는 것. 심장이 위궤양이 될 것처럼 아픈 것. 알겠니?"

우리는 도리도리 고개를 저었다. 그런 안타까운 기분은 맛본 적이 없었다. 스나코는 만화를 읽지도 않으면서 순정 만화풍이네, 하면서 웃었다. 스나코는 "너희들은 아무도 내 마음을 이해하지 못해." 하면서 토라져버렸다.

나는 얼른 화제를 바꾸었다. 백화점 면접에 '그녀를 소중히 한 남자' 도 통과했더란 이야기를 하며 한심한 세상을 한탄했다.

"어머나."

스나코는 금세 내 이야기에 반응했다.

자신도 이미 '성인' 이라는 사실은 제쳐놓고, 스나코는 응응 하고 혼자서 끄덕인다.

"내가 아직 초등학교 저학년 때의 일이었어."

니키도 책에서 눈을 뗐다.

"친구와 놀다가 길에 떨어진 새 지우개를 봤지."

색깔도 예쁘고 달콤한 냄새가 나는 팬시 지우개, 하고 스나코는 보충했다. 아, 그런 거 있었지, 내가 니키에게 말했다. 응, 나도 모았어. 니키도 그리운 듯 말했다. 역시 니키는 평범한 지우개보다 팬시 지우개를 모았군. 고개를 끄덕이면서 스나코에게 이야기를 재촉했다.

"예쁜 지우개를 주웠다고 기뻐했지만 우린 둘이었어. 어떻게 둘로 나누어야 하나, 고민했어. 그런데 마침 아는 애가 지우개를 사러 간다며 지나가는 거야."

스나코와 친구는 주운 지우개를 정가의 반인 50엔에 사지 않겠느냐고 제안했다. 거래는 무사히 성사되어 서로가 만족한 결과를 얻었다. 그 여자아이는 지우개를 싼 값에 손에 넣었고, 스나코와 친구는 지우개를 판 돈으로 20엔짜리 알사탕 두 개를 샀다. 사탕은 한 개씩 나누고 남은 10엔은 은행나무 밑에 '비상금' 으로 묻어두었다.

"그런데."

스나코는 위가 뒤틀리는 듯한 표정으로 계속했다.

"사탕을 먹으며 돌아온 나를 수상쩍게 여긴 엄마가 캐물었어. 그리고 주운 것을 팔아먹다니 넌 어떻게 돼먹은 애냐, 하면서 혼쭐을 냈지."

그, 그것은……뭐라고 말해야 할지 당황스러워 우리는 시선을 피했다.

"그런데 나는 조금도 나쁜 짓을 했다는 생각이 들지 않았어. 지우개를 파출소에 갖다준들 잊혀질 게 뻔하잖아? 어린 마음에도 알고 있었어. 적정한 가격으로 팔아서 사이좋게 나눠가졌으니 조금도 나쁘지 않다고 생각한 거지."

스나코는 그때 야단맞은 것을 아직도 이해할 수 없다고 말했다. 그리고 그 생각은 스나코의 오빠가 가게에서 물건을 훔치다가 잡혔을 때 더욱 강해졌다고 한다.

"잡혀?"

"물건을 훔쳐?"

니키와 나는 깜짝 놀라 되물었다.

"그래. 부끄러운 이야기지만 우리 오빠는 중학교 때 불량소년이었어. 대책없이 그런 짓을 저질러 경찰에 잡혀가고 엄마가 데리러 가는 소동이 있었어."

지금은 얌전하고 성실해 보이는 스나코의 오빠를 떠올리며, 사춘기의 인간들은 도무지 알 수 없구나 하고 새삼스럽게 생각했다.

"그런데 아버지도 엄마도 오빠를 심하게 나무라지 않았어. 다만 몹시 실망하면서 앞으로는 그런 바보 같은 짓 하지 말라고 한 마디 했을 뿐이야. 하지만 오빠는 그 후로도 여러 번 '바보 같은 짓'을 계속했어. 그렇지만 아무도 주의를 주지 않았다고."

"포기했던 거 아닐까? 아니면 깊이 믿었거나."

니키의 말에 스나코가 고개를 저었다.

"내 윤리 기준으로 보면 습득물 매매보다 물건을 훔치는 쪽이 더 범죄성이 높아. 나는 경제 규칙에 따라 행동했지만, 오빠는 그런 사회 규칙을 무시한 거야. 그렇지만 어린이였던 나는 죽어라고 혼나고, 먹을 만큼 먹은 나이에 빈둥거리며 남의 물건이나 훔친 오빠는 혼나지 않았다는 건 말도 안 돼."

스나코는 볼빅을 한 모금 마시고 입술을 적셨다.

"부모님은 오빠한테 뭐라고 했다가 도리어 공격당할까 봐 두려웠던 거야. 그렇게 생각할 수밖에 없어. 어른들은 억지야"

초등학교 저학년 때 경제를 생각한 스나코도 무서운 꼬마다. 그녀의 어머니가 화를 낸 것도 이해가 간다.

스나코는, 그치, 어딘가 이상하지? 하고 한동안 씩씩거리더니만, "아, 오늘은 면접용 정장을 사기로 했지." 하고 벌떡 일어서서 총총걸음으로 가버렸다. 이제야 정장을 사다니 참으로 태평하지만, 그런 것에 동요할 우리도 아니다. 말없이 그녀에게 손을 흔들어주었다.

"어, 저건 정보 군 아냐?"

스나코가 식당 출입구로 달려갔을 때 예기치 않은 인물을 본 것 같아, 나도 모르게 얼빠진 소리를 냈다.

"어, 어디?"

니키는 노골적으로 싫은 표정을 짓고 내가 가리키는 쪽을 보았다. 하지만 그때는 수업이 끝나 식당으로 학생들이 몰려들었다. 스나코도, 그곳에 있던 정보 군도 금세 사라져버렸다.

"잘못 봤나 봐."

잠시 니키와 이런저런 이야기를 나누었지만, 미트 소스 스파게티를 다 먹은 뒤에는 아르바이트를 하러 가려고 학교 식당을 나왔다. 니키는 언제나처럼 책에서 흘끗 눈을 드는 걸로 나를 배웅해주었다.

사이온지 씨가 걱정이 되어 미칠 것 같았다. 커피숍에 들어가자 지배인은 깨뜨린 컵을 치우고 있었다. 또 요령 없이 사고를 저질렀구나 생각했는데, 평소와 달리 힘이 없어 보인다.

"지배인님, 무슨 일 있어요?"

앞치마를 두르면서 손님이 적은 홀을 의식해 작은 소리로 물었다.

"아, 가나코. 그게 말이지. ……또 꽝이야. 맞선보러 갔었잖어."

지배인은 마흔 살쯤 됐는데 아직 독신이다. 절실하게 결혼을 꿈꾸고 있지만 인연이 없다. 그러고 보니 요전 쉬는 날에 맞선을 본다고 했었지.

"왜요? 뭘 어쨌는데요?"

축 늘어진 지배인이 가여워 보였다. 하지만 사실 타

인의 실패담을 듣는 재미도 만만찮다. 자초지종을 캐물었다.

이야기는 이랬다. 지배인이 맞선 장소에 갔을 때, 먼저 온 상대 여성이 술을 마시고 있었다고 한다.

"네에? 초면이잖아요? 맞선 보러 나온 여자가 술을 마시면서 상대를 기다려요?"

"그러게. 별로 없지, 그런 사람."

어쨌든 지배인과 상대 여성은 보통 그러는 것처럼 주선자를 옆에 두고서 취미는요, 일은요, 하는 맞선 대화를 나누었다. 그리고 정해진 순서대로 "다음은 젊은 사람(지배인은 전혀 젊지 않지만)끼리" 하는 것이 되어, 둘이서 어슬렁어슬렁 거리를 산책했다고 한다.

"산책이요? 어디를요?"

"하마마쓰초."

"하마마쓰초?"

그 동네를 걷는 게 뭐 즐거운 일이겠어, 하는 눈으로 그를 바라보았다. 지배인이 열심히 변명한다.

"아니, 맞선을 주선해준 사람의 요릿집이 하마마쓰초에 있었어. 거기에서 만났기 때문에……."

적어도 유라쿠초 같은 데라도 걸었으면 좋잖아. 나는

어깨로 한숨을 내 쉬었다. 그는 내 안색을 살피며, 머뭇머뭇 이야기를 계속했다.

"그런데 그 아가씨가 조금 걷더니 속이 안 좋다 그러는 거야. 과음한 것 같다고."

어, 무슨 여자가 맞선에서 속이 울렁거릴 정도로 술을 마시는 거야. 화풀이 술이었나. 그렇잖으면 지배인을 유혹하려고? 나는 다음 이야기를 기대했다.

"그래서요?"

"그럼 어디서 좀 쉬었다 갈까요, 이렇게 말했지."

오오오.

"우린 커피숍으로 들어갔어."

저기요. 나는 좀 거칠게 선반에 접시를 올려놓고, 스푼을 닦으면서 "그게 '또 맞선에 실패' 한 이유인가요?" 하고 빨리 끝장을 내려고 했다.

"아니, 다음 얘기가 더 있어. 한참동안 커피숍에서 아가씨가 회복되기를 기다렸거든."

그 여자의 취기는 좀처럼 가시지 않았다. 지배인은 속이 안 좋은지 테이블에 엎드려 있는 여자를 남겨두고 밖으로 나갔다.

"카메라 가게에 갔지."

"예?"

"하마마쓰초에는 카메라를 수리해주는 곳이 있거든."

지배인의 취미는 8밀리미터 필름 촬영이다. 그날도 맞선을 보러 나가기 전에 공원이며 거리를 촬영했는데, 노출계의 움직임이 이상했다. 그는 마침 잘됐다고 생각해 카메라를 수리하러 달려간 것이다. 속이 안 좋다고 호소하는 맞선 상대를 커피숍에 홀로 남겨두고.

"카메라는 고장난 게 아니라 낡은 거라 접속이 잘 안 됐던 거였어. 노출계 자체에는 문제가 없었지. 그냥 간단히 손만 보는 정도로 끝났어."

그래서 안심하고 커피숍으로 돌아왔는데 여자는 사라지고 없었다. 그리고 다음 날 바로 거절하는 전화가 왔다는 것이다.

딸랑딸랑 하며 문이 열려서 사이온지 씨인가 하고 흠칫 놀랐지만, 동네 아줌마들이 떼를 지어 몰려 들어왔다. 애써 실망감을 감추며 메뉴판을 들고 다가갔다.

"당연한 결과네요."

그렇게 많지도 않은 메뉴를 놓고, 아줌마들이 이걸로 하자, 저걸로 할래, 즐겁게 고르는 모습을 보면서, 카운터 안의 지배인에게 차갑게 소리쳤다. 사이온지 씨 소식을 물으려고 했는데, 엉뚱한 얘기로 시간을 다 흘려 보냈다.

"맞선 상대를 내버려둔 채 카메라 수리점에 가다니! 말도 안 돼요."

그게, 하고 지배인이 어깨를 움츠렸다.

"내가 있어도 아무것도 해줄 게 없었어. 아가씨가 속이 편해질 때까지 잠깐 다녀오려고 했는데."

아무것도 못해줘도 옆에 있어주는 게 일반적인 예다. 그러나 지배인에게 일반론을 얘기해봤자 소용없다. 그런 것이 통할 사람 같으면 저 나이가 되기 전에 맞선에도 성공했을 것이다.

"뭐, 맞선 자리에서도 술에 취하는 사람인걸 보니 잘 안 된 게 오히려 다행이네요."

그래, 그렇지, 하고 지배인은 힘없이 미소지었다. 이제야 아줌마들의 선택이 끝났다. 나는 웃는 얼굴로 주문을 받았다.

"그런데 지배인님. 사이온지 씨, 언제 다녀갔나요?"

가능한 한 자연스럽게 물어보았다. 커피를 끓이던 지배인은 아무것도 눈치채지 못한 얼굴로 중얼거렸다.

"아, 그러고 보니 요즘 안 보이시네. 무슨 일이 있나?"

아아, 지배인. 이웃 사람들이 자주 모이는 자리에 있으면서, 어째 그렇게 정보 수집 능력이 형편없는 거야. 도무지 도움이 안 되네. 그러나 이것이 그를 미워할 수 없게 만드는 점이기도 하다. 나는 애써 이해하려고 노력하면서 작게 한숨을 내쉬었다. 지배인의 30번째 맞선도 분명히 실패로 끝나리라.

집 담벼락을 따라 대문 쪽으로 걸어가는데, 집안일을 도와주는 시마다 씨가 쪽문에서 불쑥 얼굴을 내밀었다.

"어머나, 가나코 아가씨. 어서 오세요."

오늘은 간다까지 원서를 내러 다녀왔다. 우편 접수만 받는 곳이 있는가 하면, 이렇게 직접 가져와도 좋다는 곳도 있다. 가는 길에 헌책방 거리를 돌아다니다 왔더니, 벌써 이 집 저 집에서 저녁밥 냄새가 솔솔 난다.

"점심 지나면 돌아오신다더니, 어딜 들렀다 이제 오세요. 사모님 화나셨어요."

시마다 씨는 대책없는 애네, 하는 표정으로 웃었다. 동생이 태어날 때부터 우리 집일을 돌보아 온 시마다 씨라 우리 남매는 꼼짝도 못한다. 그녀는 새엄마조차 자기 마음대로 주무른다.

"그런데, 벌써 돌아가세요?"

시마다 씨는 나무 쪽문을 닫으면서 네, 하고 끄덕였다.

"식사 준비 해놓았어요."

안심시키듯이 말한다. 뭐예요, 하고 부루퉁한 얼굴로 웃으면서 시마다 씨와 헤어졌다. 나는 대문을 통해 집으로 들어갔다.

어두컴컴한 정원 곳곳에 오렌지색 조명이 처량하게 켜져 있다. 발밑으로 비치는 불빛 따위에 의지할 필요도 없이 익숙한 징검돌을 씩씩하게 한 개 한 개 밟고서 현관에 당도했다. 드르륵 소리를 내며 큰 유리 미닫이문을 열면 신발 벗는 곳이 드넓게 나타난다. 그 너머에 검게 빛나는 마룻바닥이 깔린 복도가 어둠 속에 녹아 있다.

복도 오른쪽 미닫이문이 열리면서 빛이 새어나왔다. 새엄마가 나온다.

"가나코, 왔니?"

"다녀왔습니다."

늦었네, 어쩌네 하는 말도 없이 새엄마는 돌아서서 거실로 갔다. 한 대 얻어맞은 기분으로 복도 끝에 있는 세면실에서 손을 씻고 저녁을 먹으려고 거실로 갔다.

미닫이문을 열자 놀랍게도 동생이 있었다. 최근 몇 주

간은 저녁 식사 때마다 집에 없었는데. 나도 대학 신입생 환영회에 가거나 아르바이트 등으로 외식하기 일쑤였다. 그동안 새엄마는 이 큰 집에서 혼자 식사를 했구나. 그 생각을 하니 왠지 마음이 짠해졌다. 황급히 어둠을 닫듯이 뒤로 문을 닫았다.

"가나코, 문을 열고 닫을 때는 좀 조용히 해주렴."

역시 새엄마는 새엄마라고 쓴웃음을 지으면서 앉았다. 텔레비전 뉴스는 국회 심의에 대한 내용으로, 오늘의 답변 모습을 비추고 있었다.

"다비토, 텔레비전 끄렴. 식사 중이잖니?"

늘 텔레비전을 보면서 식사를 하던 새엄마는 오늘따라 동생에게 뾰족한 목소리로 명령한다.

"왜? 아빠 나오잖아……."

동생은 일부러 실실 웃으면서 말했다. 다리를 아무렇게나 뻗고 밥을 먹고 있던 나는 책상다리를 하고 앉아 있는 동생의 무릎을 탁 찼다. 나를 노려보며 뭐라고 하려던 동생도 새엄마가 딸칵 젓가락을 내려놓는 것을 보고는 입을 다물었다.

뚝 하고 텔레비전을 끈 새엄마는 또 묵묵히 밥을 씹기 시작한다. 무슨 일 있었니? 하고 눈짓으로 묻는 내게 동생은 글쎄, 하고 갸웃거린다. 아마 동생도 새엄마가 저기압인 이유를 짐작하지 못하는 것 같다. 그래서 평소에는 절대 하지 않는 짓을 해 엄마의 반응을 확인한 것 같다. 아무리 체격이 좋고 밤놀이에 바쁘다 해도 동생은 아직 고등학교 2학년생이다. 동생도 텅 빈 집에서 애써 '가족'으로 살려고 하는 우리의 균형을 의식하지 않을 수 없었을 것이다.

오늘 밤 새엄마의 균형이 흔들린 것은 왜일까. 그러나 내가 그걸 물을 수는 없다. 동생도 단도직입적으로 물을 수 없다. 새엄마는 친자식인 동생도 나와 마찬가지로 대했다. 박애 정신 때문도, 친아들을 싫어하기 때문도 아니다. 새엄마는 친아들을 편애할 만큼 애정과 관심을 기울이는 사람이 아니다. 아니, 애정과 관심을 우리들이 눈치채지 못하게 애쓴다고나 할까. 이 크고 쓸쓸한 집에서 새엄마는 항상 어떤 중압감에 맞서듯이 등을 꼿꼿이 펴고 조용조용 걷는다. 오래된 집 어둠 속에 숨어 있는 뭔가가 갑자기 덤벼들지 않을까 두려워하는 것처럼 숨죽여 지낸다. 우리에게도 그것을 요구했지만 우리가 따르지 않자 가끔 신경질적인 불꽃을 폭발시키곤 한다. 건드리면 감전이 될 테니까 동생은 엄마를 따르는 것보다 나와 정원에서 흙놀이 하는 걸 더 좋아했다. 동생은 새엄마의 친자식이면서도 어딘가 어색한 모자관계를 맺고 있다. 동생은 언제나 엄마의 애정과 관심사가 어디에 있는지 알아내려고 애쓴다.

새엄마는 결코 차가운 사람은 아니지만, 이 집과 정원 탓인지 자신의 주위를 확실하게 다져놓으려고 기를 쓴다. 거실에 있는 우리를 빙 둘러싸고 있는 것은 투명한 벽이다. 언제 누구라도 들여다볼 수 있다. 이 안에서 우리는 소꿉장난을 하고 있는 것이다. 새엄마는 자신의 몸을 지키기 위해 늘 그런 퍼포먼스를 연출했다. 하지만 동생도 나도 연기력은 그다지 없는 편이다. 결국 투명한 벽 안쪽에는 새엄마만 남게 된다.

나이를 먹을수록 우리의 관계는 뚜렷하게 균열이 생겼다. 이제는 견딜 수 없을 정도의 무게가 우리를 내리누르고 있다. 어떻게든 뭔가 하지 않으면 망가져버린다는 걸 알고 있지만, 어떻게 해야 좋을지 모르겠다. 극적으로 망가진 것은 극적으로 재생될지도 모른다. 하지만 '극적' 인 사건도 없이, 감정의 고조도 없이 스르르 무너져가는 것에 대해서는 손쓸 도리가 없다.

새엄마가 이 집에 처음 와 정원에서 혼자 소꿉놀이를

하고 있던 나를 머뭇머뭇 안아 올리던 날도, 갓 태어난 동생을 안고 아버지 차로 병원에서 이 집으로 돌아오던 날도 하늘은 문자 그대로 화창하고 맑아 이곳에 드리워진 어두운 그림자를 보지 못했을 것이다. 그런데 지금 그 그림자는 서서히 농도를 더해 이 집을 완전히 뒤덮으려 하고 있다.

균형이 불안정한 오늘 밤 나는 이곳에 없는 사람을 생각했다.

균형을 잡는 데 꼭 필요한 요소이면서도 좀처럼 이 집에 접근하지 않는 아버지.

텔레비전을 끄지 않고 채널만 바꾸면 된다는 사실을 뒤늦게 깨달은 동생이 계속되는 침묵을 견딜 수 없었던지 다시 텔레비전을 켰다. 이번에는 오락 프로그램이다. 새엄마는 아무 말도 하지 않았다. 우리는 겉으로는 온화하게 식사를 마쳤다. 그래도 폭탄은 터졌다.

"가나코, 다비토. 오늘 아버지가 전화를 하셨다."

"으윽."

신음하는 동생에게, 역시나 "으윽이 뭐냐."고 잔소리를 한 새엄마가 이야기를 이었다.

"아버지는 5월 연휴에 친척들과 후원자들을 모아 회의를 연다고 하셨다."

으악. 나와 동생 두 사람의 입에서 동시에 비명이 터져나왔다.

"반대입니다! 그런 회의 개최는 요구한 적이 없습니다. 대체 의제가 뭐예요?"

"맞아. 평소에는 얼씬도 하지 않으면서 이제 와서 무슨 회의야."

동생은 '상처입은 사춘기 소년'의 역을 교묘하게 연기했다. 그러나 새엄마가 한 수 위다.

"다비토, 여자아이와 여행을 갈 계획인 것 같더라. 도대체 어쩔 셈이냐? 넌 아직 고등학생이야. 그쪽 부모님에게 뭐라고 사과를 해야 좋을지 모르겠다."

이 한 마디로 단번에 반론을 봉쇄했다. 바보 같은 다비토. 평소 그렇게 놀아대더니 결국 당하는군. 속으로 은근히 고소해하고 있는데, 창끝이 내게로 향했다.

"가나코, 넌 인기가 없으니까 당연히 데이트 약속도 없을 테지. 날짜 꼭 비워두도록 해라."

동생이 쿡쿡 웃는다. 무슨 소리야. 사이온지 씨가 있는데. 온천에라도 가고 싶은걸.

"누나, 지 씨한테 차인 거 아냐?"

러브러브 여행이 도루묵이 된 분풀이로 동생이 악담을 한다.

"입 다물어."

내심 상당히 동요하면서도 새엄마 흉내를 내 동생을 제지했다. 새엄마는 전혀 눈치채지 못하고 재차 다짐을 두었다.

"알겠지. 연휴에는 꼭 집에 있도록 해."

폭풍 전야의 고요랄까, 노도 같은 입사 지원서 제출 러시도 일단락되고 4월 말부터 5월 초가 조용하게 흘러갔다. 나는 여전히 학교와 아르바이트, 만화 카페로 이루어진 황금의 트라이앵글을 분주하게 오가고 있었다. 물론 만화 카페는 땡땡이를 치는 장소가 아니라 만화 편집자가 되기 위한 수련장이다. 스나코는 노브 군과 화해를 한 것 같았다. 니키는 신입생 환영회 이벤트에 작가를 초대한다면서 태평스레 그 준비에만 열을 올리고 있다. 그런 모순된 행동이 그의 특기다. 두 사람 다 아직 회사 설명회에도, 시험에도, 면접에도 간 적이 없다. 이러는 나도 면접을 땡땡이치고 돌아와버린 백화점 사건

이후부터는 활동 휴지기다. 가고 싶지 않은 회사에 시험을 치는 것도 생각해보면 실례다. 우리도 언젠가는 불사조처럼 취업 전선에 복귀하겠지만, 지금은 좋아하는 것만 하며 날개를 쉬자. 두 명은 아직 전선에 나간 적도 없는 초짜이긴 하지만.

수업이 없는 5월 초 맑게 갠 어느 날, 나는 아르바이트를 하는 커피숍으로 갔다. 최근 한창 세력을 뻗치고 있는 헌책방 체인점에서 구입한 『알펜로제』를 차분히 읽을 생각이었다.

지배인에게 창가 자리를 안내받아 커피를 마시면서 『알펜로제』를 넘겼다. 그래그래, 피가 섞이지 않은 남매가 반나치 운동에 말려들었지. 전에 열심히 읽었던 기억이 되살아나 나도 모르는 사이에 깊이 빠져들었다. 고등학교 때, 수염을 기른 아저씨인 '장군'이 좋다고 열광하던 친구를 아저씨 취향이라며 놀린 적이 있었다. 그런데 지금 나는 아저씨는커녕 할아버지와 교제중이다. 거기까지 생각하다말고 문득 동생이 한 말을 떠올렸다.

나는 정말 차인 걸까?

보통은 젊은 여자가 할아버지를 버리고 젊은 놈과 마을을 떠나는 게 아닌가. 할아버지, 속으셨네요. 그 아가씨는 할아버지의 재산을 노렸던 거예요, 이러면서. 그런데 내 쪽이 차였다는 건 어떻게 된 거지? 영감탱이, 용서할 수 없다. 내 속에서 희미하게 분노와 후회와 슬픔이 솟구쳐 올라와, 지금 당장 사이온지 씨 집으로 쳐들어가야겠다고 마음먹었다.

그때 지배인이 커피 리필해줄까? 하고 다가왔다. 타이밍 못 맞추는 데는 타의 추종을 불허하는 사람이다. 갖고 온 비닐봉지에 다시 만화를 넣고 리필해준 커피를 마시기로 했다. 마음을 좀 가라앉힌 뒤에 가야지. 그렇지 않으면 추태를 보일지도 모른다.

"가나코, 들었어. 문중회의가 열린다면서? 후원회의 니시와키 씨가 말하던걸. 엄청날 거야."

온 마을이 이 화제로 난리다. 지금도 집에서는 새엄마와 시마다 씨가 청소를 하고 장을 보러 가고 야단법석을 떨 것이다. 나는 방해만 된다고 쫓겨났다. 아, 싫다. 이 마을에서는 모두가 우리 집 사정을 빠삭하게 알고 있어 서넛이 모이기만 해도 뒷담화로 꽃을 피운다. 그 집 딸, 요전날 밤 술에 취해 진흙탕에 빠져 혼자 기어나오질 못하는 것 같더라느니, 가끔은 정체모를 친구가 놀러 와서 (물론 스나코와 니키) 밤늦게까지 괴성을 지르더라느니

(언더그라운드 연극 공연에 대비해 발성 연습을 하고 있었다), 하여간 있는 일 없는 일 모두 온 마을 사람들의 화제거리다. 어째서인지 동생은 평판이 좋았다. 멋있다느니, 불량스러워 보이지만 사실은 인사도 잘 하고 심지가 바른 아이라느니 아주머니들의 우상대접이 도를 넘어섰다. 내숭도 잘 떠시지, 하면 동생은 흐흐흥 하고 웃고 만다.

"누나, 요전에 쓰레기통을 뒤집어썼다며?"

빌어먹을! 취했을 뿐인데. 또다시 동생에게 패배를 맛본 기억을 떠올리며 나는 커피를 벌컥벌컥 마셔치웠다. 벌떡 일어서는 나를 지배인이 깜짝 놀라 가로막았다.

"무슨 일이야. 어디 가는 거야? 회의라고 해도 그리 대단한 건 아닐 거야."

나는 그만 "사이온지 씨네 집에 다녀오겠습니다." 하고 말해버렸다.

"아아, 사이온지 씨! 어제 장례식이었지, 참."

뭐, 뭐라고욧. 어리둥절해하는 지배인을 남겨둔 채 나는 만화책이 든 비닐봉지를 거머쥐고 마하 속도로 달려나갔다.

역에서 15분 정도 걸리는 고다이의 사이온지 씨 집으로 향했다. 집에 가는 것은 오늘이 처음이다. 그러나 여기는 좁은 동네다. 주소만 봐도 어디쯤인지 대충 짐작이 간다. 게다가 사이온지 씨의 집은 오래되고 멋진 서양식 저택이다. 역에서도 하얀 벽이 보일 만큼 지역 사람들에게 유명한 건물이다. 상점가에서 벗어난 곳에 위치한 우리 집이 오래되고 넓은 것으로 유명한 것과 마찬가지다.

언덕길을 달려가면서 나는 흑흑 흐느껴 울고 있었다. 장례식이라니, 어떻게 된 걸까? 더 빨리 가고 싶은데, 경사가 가파르고 체력이 부족해 다리가 논밭 속을 걷는 것처럼 생각만큼 앞으로 나아가지 못했다. 드디어 커브길 저편에 하얀 서양식 저택이 보였다. 청동색 문에는 정말 작고 검은 리본이 달려 있다. 심장이 벌렁거려 아플 지경이다. 애써 숨을 고르면서 조심스럽게 다가갔다. 그런데 배꼽 높이의 녹색 울타리 사각 지대에서 불쑥 사이온지 씨가 몸을 일으켰다.

"사이온지 씨!"

나는 정신없이 울타리 쪽으로 달려갔다. 그는 깜짝 놀라 이쪽을 보았다.

"가나코."

사이온지 씨도 재빠르다고는 할 수 없지만, 나름대로 날렵한 동작으로 울타리로 다가왔다. 우리는 울타리 너머로 서로 꼭 껴안았다.

"어떻게 된 거야, 어떻게 된 거야?"

사이온지 씨가 부드럽게 물었다.

"어제가 사이온지 씨의 장례식이었다고 해서 깜짝 놀랐어요. 오면 안 된다고 생각은 했지만……."

나는 두서없이 말했다. 나를 안고 있는 사이온지 씨의 몸이 따뜻한 걸 보니 유령은 아니었다. 다행이다, 살아 있구나 생각하니 이번에는 다른 불안이 끓어올랐다. 사이온지 씨는 내가 여기까지 찾아온 걸 좋게 생각하지 않는 게 아닐까.

"저런 저런, 사람을 마음대로 죽이다니. 세상을 떠난 건 여동생이야. 최근 몸이 안 좋더니, 열심히 간병한 보람도 없이 그렇게 가버렸어."

문득 보니 여동생의 물건인지 책과 노트 등이 나무 그늘 아래 펼쳐져 있었다. 사이온지 씨의 여동생이 세상을 떠난 것이다. 나는 말없이 몸을 뗐다.

"얼굴을 봐서 안심이에요. 안정이 되시면 연락주세요."

벌써 가려고? 하면서 사이온지 씨는 유감스러워했다.

잠깐만 기다려봐, 하고 그는 집 안으로 들어갔다. 이윽고 다시 나온 사이온지 씨는 '불단에 공양으로 올렸던' 오렌지와 두꺼운 한지 족자를 가지고 나왔다. 사양했지만 그는 만화책이 든 비닐봉지에 오렌지를 담아주고 족자도 건네주었다. 족자에는 검디검은 먹으로 내 이름이 쓰여 있었다.

"결투장인가요?"

내가 묻자 그는 즐거운 듯이 허허 웃었다.

"연애편지야. 가나코의 편지를 받고 가나코가 뭔가 고민하는 것 같아 걱정이 됐어. 그렇지만 여동생의 곁을 떠날 수는 없었어. 그리고 하필 또 그 즈음에 맥주 라벨과 샐러드유 이름을 쓰는 일이 들어왔지. 밤에 틈날 때마다 썼어. 내일쯤 커피숍에 나가려고 생각했는데."

그렇게 힘든 상황에서 내 걱정을 해준 사이온지 씨를 의심하다니! 나는 부끄러워 고개를 푹 숙인 채 눈물을 뚝뚝 흘렸다. 사이온지 씨는 내 뺨을 손가락으로 부드럽게 꼬집었다. 그제야 웃음이 나왔다. 사이온지 씨는 "여기서는 네 다리가 잘 안 보여." 하고 유감스러운 듯이 말했다.

"내일 저 아르바이트예요. 만나러 오시겠어요?"

사이온지 씨는 물론이지 하고 약속해주었다. 나는 진심으로 안도하며, "페디큐어는 어떻게 할까요? 지워둘까요? 아니면 예쁘게 바르고 갈까요?" 하고 솔직하게 물었다.

"그대로 둬도 좋아. 내가 지우고 다시 예쁘게 발라줄게."

나는 끄덕였다. 헤어지기 싫어서 가야 할 타이밍을 머뭇머뭇 재고 있는데, "가나코, 이번에 문중회의가 있다면서?" 한다. 고다이에 사는 사이온지 씨에게까지 소문이 퍼진 것 같다. 사이온지 씨는 뭔가 생각하는 듯했다.

"너희 남매라면 괜찮을 거야. 잘 이겨내." 그가 격려해주었다. 집 안에서 사이온지 씨의 손자로 보이는 어린 남자아이가 나오는 바람에 나는 곧 자리를 떴다.

갈 때와는 달리 가벼운 발걸음으로 언덕을 내려왔다. 그러나 마음속에는 순정 만화 『알펜로제』 속의 유명한 구절이 메아리치고 있었다. '알펜로제, 알펜로제, 핏빛의 꽃이여. 언덕에서 내려다본 마을은 고요했다. 특히 녹색이 가득한 넓은 일본풍 저택이 시선을 끌었다. 나는 X데이에 대비해 동생과 일단 의논할 필요가 있다고 생각했다.

한없이 푸르른 하늘은 구름 한 점 없이 맑았다.

그래도 분명히 태풍은 다가온다.

알펜로제, 알펜로제, 핏빛의 꽃이여.

사이온지 씨가 준 족자는 너무 달필이어서 나로서는 도저히 판독불능이었다.

회의

맑게 갠 날 오후, 나는 언덕 중턱에 있는 공원에 있었다. 커피숍 아르바이트는 점심때가 지나 끝났다. 그래서 아무 일 없었던 듯 가게에 나타난 사이온지 씨와 함께 이곳에 왔다. 일본어를 서툴게 쓴 벌로 지배인은 여배우 S의 포스터를 손에 넣었다. 내가 집에 있던 보온병 포스터를 선물했다.

지배인은 S의 팬이다. 그러나 S처럼 화려하고 아름다운 여자가 길거리에 다닐 리 없다. 이럭저럭하다 혼기를 놓친 지배인이 어느 해 산이 많은 지방인 본가에 돌아갔다. 아버지가 떨떠름한 얼굴로 이렇게 말했다고 한다.

"그렇게 빈둥거리지 말고 빨리 결혼해. 여배우 S 같은 여자는 만나지도 못할 거고, 만난다고 해도 널 상대해줄 리가 없잖냐? 현실을 직시해."

그 말을 듣고 지배인은 웬일인지 냉정하게 현실을 분석했다. 여배우 S를 좋아한다는 말은 아버지에게 한 적이 없다. 그런데 여기서 S의 이름이 나온 이유는 단 한 가지.

"아버지도 S를 좋아하는군요."

"바보 같은 놈, 사람이 진지하게 얘길 하는데, 무슨 소릴 하는 거냐?"

지배인은 몇십 년 만에 주먹으로 한 대 얻어맞았다. 그러나 부엌에서 처음부터 부자의 대화를 죽 듣고 있던 어머니는 "너답잖게 제법 날카로운 추리를 했구나." 하고 칭찬해주었다. 어쩐지 지배인의 여자 보는 눈이 높은 것은 아버지 대부터의 내력인 듯하다. 그런데 벌로 포스터를 준 데는 나름 이유가 있다. 지배인은 좋은 일이 생기면 다음에는 반드시 또 어떤 나쁜 일이 생길까 지레 겁을 먹는 타입이다. 그것은 나도 마찬가지여서 지배인의 사고 회로를 빤히 안다. 그래서 포스터를 주어 그 기쁨에 드리운 어두운 그림자를 맛보게 해주자는 약간 심술궂은 복수를 한 것이다. 그러나 지배인의 불안은 나의 의도와 다른 곳에 있었다.

"별일이네, 가나코가 내게 친절히 대해주다니. 지금까지 가게에 붙어 있던 S 사진에 콧수염이나 그려놓았으면서. 어떻게 된 거야?"

불안을 느끼는 대상이 생각과 조금 달랐지만, 그래도 지배인이 생쥐처럼 겁먹고 있다는 것은 사실이므로, 복수는 일단 성공을 거두었다. 나는 거기에 만족했다.

사이온지 씨와 내가 언덕 중턱에 있는 공원에 가자, 마을 쪽으로 불거져 나온 전망대에는 이미 먼저 온 사람이 있었다.

"다네 할머니."

공원 근처에서 혼자 사는 아흔 살쯤 된 할머니다. 할머니는 우리를 알아보았다.

"응, 안녕."

할머니는 새하얀 머리카락을 한 올 흐트러짐 없이 묶어 올린 머리를 끄덕였다. 할머니의 무릎에는 손수 키우는 고양이 미케가 기분 좋게 자고 있다.

"너희들도 햇볕 쬐러 왔냐?"

"페디큐어를 해주려고요."

사이온지 씨는 즐거운 어조로 말했다. 다네 할머니는

우리가 가끔 이 공원에서 데이트하는 걸 알고 있다.

"아이고, 사이도 좋지."

할머니는 고양이의 차가운 귀를 잡고 놀았다.

우리 세 사람은 한동안 페디큐어에 몰두했다. 사이온지 씨는 내 발톱을 발라주고, 나는 다네 할머니 손톱을 발라주었다. 나는 맞은편 벤치에 앉은 사이온지 씨의 무릎에 다리를 맡기고 있었다. 사이온지 씨는 내 발톱에 검은색에 가까운 짙은 청색을 발라주었다. 나는 내 옆에 앉은 다네 할머니에게 귀여운 복숭아색 매니큐어를 해주었다. 상반신을 뒤튼 자세로 앉아 있자니 여간 힘든 게 아니었다. 도중에 눈을 뜬 미케가 자기 머리 위로 오가는 손에 자꾸 매달렸지만, 이내 지쳤는지 소리없이 할머니 무릎에서 내려가 발걸음도 경쾌하게 오후의 햇살 속으로 사라졌다.

태양이 마을을 등지고 앉은 다네 할머니와 나를 기분 좋게 안아주었다. 예쁘게 발라진 손톱을 확인한 할머니는 허벅지 양 옆으로 손가락을 편 손을 내려놓고는, 매니큐어가 마르기를 기다렸다. 사이온지 씨는 무릎에 올려놓은 내 발바닥을 마사지해주었다. 한참 동안 침묵이 이어졌다. 이윽고 손톱이 마르자 다시 덧칠에 들어갔다.

처음에는, "두 번씩 바르지 않아도 괜찮아, 아깝게." 하던 다네 할머니가 이번에는 얌전히 손을 맡긴다. 역시 덧칠을 해야만 아름다움이 완성되는 법이다.

"가나코, 아버지는 언제 돌아오시지?"

무의식적으로 힘이 들어간 발등을 사이온지 씨가 부드럽게 어루만져주었다.

"오늘요."

"오늘!"

손을 보고 있던 할머니가 놀란 듯이 얼굴을 들었다.

"이런 데서 노인네한테 손톱이나 칠해주고 있어도 괜찮은 거냐?"

나는 주름투성이 할머니 손을 들어 햇볕에 비춰보았다. 얼룩 없이 칠해진 것을 확인하고 나서야 안도의 한숨을 내쉬었다.

"괜찮아요. 어차피 문중회의는 내일이고, 오늘은 집에 있어봐야 귀찮아하기만 할걸요."

사이온지 씨는 내 발을 무릎에서 내려 벗어둔 구두 위에 올려주었다. 그리고 "오, 도착한 것 같네." 하며 일어서서 난간 쪽으로 걸어갔다. 마을 쪽을 보니 과연 역에서 전철이 빠져나가는 게 보인다. 아버지는 저걸 타고 왔다. 상점가 사람들이 역 앞 광장에 잔뜩 모여 있다. 이윽고 모습을 나타낸 두 남자. 다니자와도 왔나……. 이건 좀 골치 아픈걸. 누군가가 폭죽을 펑펑 터트리고 있다. 참 축제를 좋아하는 사람들이다. 아버지와 다니자와의 모습이 상점가 아케이드 아래로 사라진다.

"아버님이 전철로 오신 것 같군."

사이온지 씨가 마을을 내려다보며 말했다. 다네 할머니가 간신히 난간까지 왔을 때는 이미 아버지의 모습이 보이지 않았다. 할머니는 유감스러워하면서도, "저 사람은 잘난 척을 하지 않는다니까." 하고 연방 고개를 끄덕였다. 혼자 남겨진 나는 하는 수 없이 신발을 질질 끌고 가 나란히 섰다. 해가 약간 기울어 상쾌한 바람에도 조금씩 한기가 섞이기 시작했다.

검은색 대형차로 오지 않은 것은 아버지의 쪼잔한 잔머리에 지나지 않는다. 이웃 역까지는 차로 와, 일부러 거기서부터 전철을 타고 오는 남자. 그러나 다네 할머니는 완전히 감동해 다시 덧붙인다.

"후지사키 가에서 문중회의가 열리는 것은 가나코 아버지가 사위로 들어오기로 결정된 이후 처음이야. 그땐 온 마을이 난리였지."

"이 정도가 아니었나요?"

나는 사이온지 씨를 보았다.

"그럼, 이번과는 비교도 안 돼."

사이온지 씨는 옛날을 떠올리는 눈으로 대답했다.

"그때는 어르신이 갑자기 돌아가셔서 그야말로 많은 사람들이 큰 차를 타고 저택으로 몰려들었어."

맞아, 맞아, 하고 다네 할머니는 고개를 끄덕였다.

"아주 더운 날이었지. 아마 상점가 아케이드를 짓고 있을 때였을 거야. 그날은 사람들도 많이 몰려들고 날씨도 더워서 도저히 일을 못하겠다고 공사장 인부들이 모두 그냥 돌아갔을 정도였어."

지금 그 집에 사는 사람들 중에 그때의 일을 아는 사람은 아무도 없다. 그런데 사이온지 씨나 다네 할머니처럼 옛날부터 이곳에 사는 사람들은 마치 어제 일처럼 또렷하게 기억하고 있다. 뭔가 신기한 기분이 들어 울창한 녹색으로 둘러싸인 우리 집을 내려다보았다. 아버지와 다니자와가 집 앞까지 따라온 마을 사람들에게 인사하고, 저택 문으로 들어서는 모습이 보였다. 현관에서는 새엄마가 두 사람을 맞이했다.

"자리를 같이한 정치가와 친척들 앞에서 네 어머니가

제일 젊은 비서인 겐지 씨를 선택했을 때 모두들 술렁거렸단다."

다네 할머니는 마치 옛날 그 자리에 있었던 것처럼 생생하게 이야기해주었다.

"그 충격이 저택 앞에서 침을 삼키며 기다리고 있던 사람들에게까지 전해져 온 마을이 다 흔들릴 정도였어."

사이온지 씨까지 과장해서 말한다. 하여간 나이든 사람들이 하는 말은 반만 믿어야 해.

"아버지와 어머니는 미리 얘기를 나눴던 걸까요?"

왠지 이해가 가지 않아서 그렇게 묻자, 두 사람은 퍼뜩 꿈에서 깬 듯이,

"글쎄, 어땠을까?"

"그런 얘기는 들은 적이 없어. 모두들 어머니의 결정을 아닌 밤중에 홍두깨로 여겼지."

하고 무책임하게 말한다. 이것이 진실이라면 갑작스럽게 남편 될 사람을 지명한 엄마의 뻔뻔스러움도 대단하지만, 태연히 그걸 받아들인 아버지의 미적지근함도 만만찮다. 이 화제의 당사자 중 한 사람은 이미 이 세상에 없고, 다른 한 사람도 오늘에야 겨우 이 마을로 돌아왔다. 이 엉뚱한 수작에 모두가 흥미진진해하는 것도 무

리는 아니다. 그러나 동생과 내게는 수작이 아니다. 느닷없이 사위로 결정된 아버지의 경우처럼 인생을 좌우할 만한 일대사건이다. 얼른 동생과 연락을 취해야만 한다. 동생은 최근 며칠 또 집에 들어오지 않고 있다. 다니자와까지 올 만큼 중요한 일이 될 줄 예상치 못한 게 한스럽다.

몸을 구부려 페디큐어가 마른 걸 확인한 나는, "미안합니다만, 오늘은 이만 돌아갈게요." 하고 사이온지 씨에게 양해를 구했다. "바람이 차졌는데 다네 할머니도 그만 집으로 돌아가세요." 내가 말했다.

다네 할머니는 헤헤 웃으며, "사이온지 도련님은 내 취향이 아니니 걱정하지 마." 하고 빨리 가라며 손을 저었다.

"미케를 보면 그만 집에 돌아가라고 일러줘."

알았다는 표시로 뒤를 돌아보자, 석양 속에 마을을 등지고 선 두 사람이 나를 향해 손을 흔드는 실루엣이 보였다.

나는 쪽문으로 잠입하여 어이없는 표정으로 쳐다보는 시마다 씨 외에는 다른 사람들에게 들키지 않고 내 방까지 도착했다. 급히 동생의 휴대전화로 전화를 걸었다.

"네."

"다비토, 누난데."

"웬일이야?"

동생도 오늘 아버지가 돌아온다는 사실은 알고 있다. 태평스러운 척하고 있지만, 내심 긴장하고 있는 것을 전화로도 느낄 수 있었다.

"아버지 돌아오셨어. 다니자와도 함께."

"뭣!"

동생은 짧게 외쳤다.

"그럼 안 되는데."

"그렇지? 빨리 와."

"알았어. 두 시간 안에 갈게."

시계를 보니 다섯시 전이었다. 저녁 식사 시간까지는 오겠군. 휴, 하고 한숨을 돌리고 방의 불을 켜려다가 얼른 그만두었다. 여기 있다는 걸 들키면 곤란하다. 내 방에 있으면서도 한동안 도둑처럼 숨을 죽이고 있으려니, 문득 한심하다는 생각이 들었다. 벽장의 만화책 속에서 『베르사유의 장미』를 골라 책상 스탠드를 켜고 읽었다.

몰두하는 것도 잠시, 복도에서,

"아가씨." 하고 부르는 소리에 깜짝 놀라 주위를 둘러보며 상황을 파악하려고 했다. 아차 했을 때는 이미 늦었다.

"다니자와입니다."

이름을 밝히는 것과 동시에 미닫이문이 열렸다. 어두운 방에서 만화를 읽고 있는 나를 발견하고, 그는 즉각 질렸다는 표정을 지었다가 금세 본심을 교묘히 감췄다. 언젠가부터 아버지와 행동을 함께 하고 있는 이 남자는 평범한 정장차림이지만 얼핏 봐도 건실한 사람이 아니란 걸 알 수 있다. 눈빛이 다르다. 공공연하게 비서인가 뭔가 하는 일을 하고 있으니 야쿠자는 아닐 것이다. 하지만 아버지와 어디서 알게 됐는지, 전에는 무슨 일을 했는지 전혀 모른다. 절대로 방심할 수 없는 남자라는 분위기가 감도는 사람이다. 나이는 아버지보다 젊어서 30대 후반에서 40대 초반쯤.

"어떻게 알았어요? 불빛이 새나갔어요?"

"쪽문에 구두가 있었습니다. 몰래 들어올 때는 구두도 함께 가져가 주세요. 덕분에 괜한 수고를 하게 됐잖습니까?"

그가 처음 이 집에 온 것은 한 10년쯤 전일까? 개구쟁이 동생과 정원에서 함께 놀고 있는 나를 보고,

"가나코 양은 어째……." 하고 아버지에게 말하던 것을 나는 똑똑히 기억하고 있다. 어째, 어떻다는 말인가, 실례잖아. 다니자와는 동생의 교육 담당으로, 동생이 중학교를 졸업할 때까지 종종 이 저택에 출입했다. 그 무렵에도 아버지는 전혀 집에 돌아오지 않았지만……. 동생은 나와 달리 다니자와에게서 사랑을 받고 있어 그에 대해 악감정은 갖고 있지 않았다. 그러나 과도한 애정은 성가시게 여겼다. 중학교 때 수학여행을 가면서 칫솔을 잊고 간 동생을 위해 다니자와는 오다와라까지 쫓아갔다. 그리고 신간선을 기다리는 중학생들 사이에서 동생을 찾아내, "도련님, 이걸 빼놓으셨습니다." 하고 칫솔을 내밀었다. "지금부터 킬러가 되어 적의 목이라도 따오겠습니다." 하듯이. 눈초리가 날카로운 검은 정장의 남자는 그 후 동생의 학교에서 전설이 됐다. 후지사키는 야쿠자 경호원이 따라다닌다고.

칫솔 정도야 어디서든 살 수 있는데. 다니자와는 나를 '둔해 보이는……' 하는 눈으로 낮추어 보면서 동생 일이라면 정신을 못 차리는 경향이 있다.

"아버님께서 부르십니다."

싫어요, 가고 싶지 않아요라고 말할 틈도 없이 다니자

와가 앞장서서 복도를 걸어가고 있다.

"도대체 그 어두운 곳에서 만화책을 읽다니! 눈 나빠집니다."

내가 따라오는 게 당연하다는 듯이 혼자 중얼거리면서 척척 걸어간다. 할 수 없이 불을 끄고 다니자와의 뒤를 좇았다.

"취업 활동은 어떠세요? 워낙 불황이라서."

다니자와는 아버지보다 나의 근황을 더 잘 알고 있는 것 같다.

"이번 주말에 큰 시험이 두 개나 있어요."

"어떤 곳인가요?"

상복 같은 다니자와의 정장을 보면서, "안 가르쳐줘요." 하고 말했다. 다니자와가 흘끗 돌아보았다.

"맞혀볼까요? 출판사죠?"

"어떻게 알았어요?"

나는 깜짝 놀라 두 번째로 같은 질문을 했다. 나는 다니자와와 나란히 서서 그의 옆얼굴을 훔쳐본다.

"간단합니다. 아가씨는 분명히 '출판사에 들어가면 만화를 누구보다 빨리, 많이 읽을 수 있다' 라고 단순하게 생각할 것 같아서죠."

나는 얌전히 다시 그의 뒤로 물러났다.

"그런데 도련님이 보이지 않네요."

여기서 역습을 해야지.

"글쎄요, 다니자와 씨가 왔다는 것을 알고 집에 들어오지 않는 게 아닐까요."

차가운 목소리로 빈정거렸다.

"설마."

다니자와는 코웃음을 치려다 실패했다. 불안한 듯 창밖을 보는 모습은 가엾기까지 하다. 그러나 이 남자에게 이토록 사랑받고 있는 동생은 더욱 가엾다. 험악해질 문중회의를 생각하니 동생에 대한 동정의 마음을 금할 길 없다.

따라간 곳은 불단이었다. 미닫이문을 열기 전부터 은은히 향냄새가 풍겨왔다. 문을 열자 형광등 아래 불단 앞에서 아버지가 손을 모으고 있다.

아버지는 기름기 번드르르한 '정치가' 타입은 아니다. 사실은 아주 데면데면한 사람이지만, 섬세해 보이는 이공계 학자 같은 얼굴을 하고 있어 사람들은 전혀 눈치를 못 챈다.

"왔다."

"오랜만이네요."

대충 인사를 나눈 우리는 불단 앞에 나란히 앉았다. 불단에는 몇 개의 위패가 모셔져 있지만, 나는 어느 게 엄마 것인지도 모른다.

"매일 어머니에게 꼬박꼬박 인사는 드리고 있냐?"

아이들 장난치듯이 종을 땡땡 울리는 내게 아버지는 의심스러운 눈초리를 보냈다.

"해요."

거짓말이었다. 내게는 엄마의 기억이 전혀라고 해도 될 만큼 없다. 아버지가 집에 오지 않게 된 후로는 불단에서 합장하라고 귀찮게 구는 사람도 없었다. 아버지는 정말로 중요한 것을 모른다. 함께 생활하는 사람을 '가족'이라고 부른다면, 내 가족은 줄곧 새엄마와 동생뿐이었다. 이 집에서 기묘하게 균형을 맞추며 살아가는 우리가 친엄마의 위패 앞에서 손을 모을 수는 없는 법이다. 친엄마는 이미 죽은 자의 세계에 가 있고, 그 존재가 있었다는 것조차 우리 '가족'에게는 금기사항이다. 물론 우리가 보지 않으려고, 남은 존재의 향을 느끼지 않으려고 애써도 우연한 순간에 이 집 기둥 그늘에서, 벽장 틈에서, 마룻바닥 아래에서, 슬며시 다가오는 것이 어머니라는 사람이지만.

아버지에게 그런 기묘함을 알아달라고 말해봐야 소용없다. 지금도 내가 무슨 생각 하는지 전혀 눈치채지 못한 아버지는 "그러냐?" 하고 만족스럽게 고개를 끄덕이더니 다시 합장을 계속했다. 아버지가 눈을 감고 있는 틈을 타, 방구석에 대기하고 있는 다니자와에게 시선을 보냈다. 그는 내 거짓말을 다 알고 있다는 얼굴로 아버지의 둔감함을 사과한다는 표정을 지었다.

또 이물질이 섞여들어 우리의 생활을 위협하는군.

새삼 신경이 날카로워진 나 자신이 싫다. 빨리 동생이 돌아오면 좋을 텐데. 시계를 올려다보니 5시 30분이다. 이 집 어딘가에 있을 새엄마. 새엄마는 기척도 내지 않고 죽은 듯이 있어야 하는 분위기 탓에 그 존재감이 더욱 강하게 느껴졌다.

동생의 귀가와 함께 시작된 저녁 식사 시간은 평온하게 지나갔다. 아버지는 텔레비전을 등지고 앉았다. 모처럼 식탁 의자가 다 채워졌다. 새엄마가 몇 번씩 권하는데도, 다니자와는 사양하며 저택 끝에 있는 자기 방으로 식사를 가져갔다.

새엄마는 기쁜 것처럼 보였다. 나는 이 부부가 신기해서 견딜 수 없다. 신뢰가 사라진 것은 아닌 듯한데, 그다지 일반적이라고는 할 수 없는 '가정생활'을 보내는 이유가 뭘까? 하지만 이미 사랑이 식었는데 타성으로 함께 자고 일어나는 부부보다는 깨끗한 선택일지도. 두 사람이 그걸 이해하고 있다면, 나로서는 할 말이 없다. 그러나 만약 내 존재가 '가족'의 존재 방식을 불안정하게 한다면……. 새엄마가 이 저택에 와서 동생이 태어났을 때부터 나를 위협하는 이 의혹은 우리 네 사람이 모이면 언제나 명확해진다. '후지사키' 가에 살고 있는 사람들 중에 '후지사키'의 피를 이어받은 사람은 나 혼자뿐이다. 그리고 바로 나의 존재야말로 이 '가족'을 가족답게 만들지 않는 요인, 바로 이물질이다. 그 사실을 들이대고 싶지 않기 때문에 나는 평소의 생활이 흐트러지는 걸 싫어한다. 아버지가 이 집에 돌아와서 가족 구성원이 다 모이는 게 두렵다. 아버지는 어쩌면 그런 내 불안을 알고, 이 저택에서 나갔는지도 모른다. 내게 차갑지만 조용한 이 '상자'를 주기 위해. 그 '상자'도 지금은 거의 망가져가고 있지만.

"내일은 후지사키 가의 친척과 후원회 사람들이 온다만, 너희들은 평소대로 있으면 된다."

아버지는 생선회에 간장을 듬뿍 찍어 입에 넣었다. 그리고 간장이 담긴 작은 접시에다 튜브에 든 고추냉이를 더 짜 넣었다. 아버지는 매운 것을 좋아한다. 피자를 먹을 때도 핫소스를 뿌려 빨갛게 해서 먹는다. 하여간 미각이 마비될 정도로 매운 것만 뿌려주면 아버지는 불평하지 않는다. 새엄마는 새 고추냉이 튜브를 상자에서 꺼내 식탁에 올려놓으면서,

"그렇지만……." 하고 불안한 듯이 나와 동생을 보았다. 나도 어정쩡한 표정으로 동생을 보았지만, 동생은 못 들은 척 무시하고 장국을 훌훌 마시고 있다. 내 시선이 머문 곳을 더듬은 아버지는 오랜만에 대면한 아들에게 드디어 말을 걸었다.

"다비토, 눈 깜짝할 사이에 너도 고등학교 2학년이구나. 진로는 생각하고 있냐?"

아아아. 새엄마와 나는 드물게 마음을 모아 한숨을 쉬었다. 문중회의를 하루 앞둔 미묘한 시점에 가장 핵심을 찌르는 화제를 태연히 입에 올리다니. 그런 것 말고 좀 더 정감어린 화제를 고르려는 배려는 할 수 없는 것일

까? 오랜만에 만나는 사춘기 아들에게 느닷없이 그런 사무적인 질문은 하지 않아도 될 텐데. 하지만 문학적 센스가 결여된 아버지로서는 못 본 사이에 부쩍 성장한 아들에게 당혹스러움을 느꼈을 테니 애정을 표현하는 데는 이것이 최선이었을지도 모른다. 동생도 그건 알고 있는 것 같다. 쑥스러운 듯이 웃더니 아버지에게 맞춰주기로 한 것 같다.

"민속학을 하려고요."

나도 금시초문이어서 깜짝 놀라 동생을 보았다. 요령껏 놀러 다니는 데 비해서는 의외로 수수한 학문을 지향하네. 내가 연극 이론을 한다고 했더니 그걸로 못 먹고 살걸 하고 비웃던 주제에. 둘 다 마찬가지 아냐. 새엄마는 창백해져서, "그렇지만 그러면 너……." 하고 고개를 숙여버린다.

"뭐야, 그럼 다비토는 옛날이야기 같은 걸 수집하는 거냐?"

아버지는 민속학이라는 학문에 대해 엄청나게 빈약한 지식을 총동원했다. 재미있다는 듯이.

"맞아요. 그래서 나는 아버지의 뒤를 이을 수가 없어요."

동생은 딱 잘라 선언했다. 새엄마는 안심과 실망 중 어느 쪽인지 판별할 수 없는 힘없는 모습으로 밥을 입으로 가져갔다. 아버지는 미소를 머금은 채, "하고 싶은 대로 하면 돼." 하고 온화하게 대답한다. 떨어져 지내는 탓에 의사소통은 제대로 안 되지만, 어쩐지 아버지는 자기 아들을 정치가로 키울 마음은 없는 것 같다. 나는 안심하고 식후 디저트로 볼에 담긴 딸기를 집었다.

"가나코도 다비토도 '실학實學'에는 흥미가 없구나. 엄마의 영향이군."

새엄마는 죄송합니다 하고 몸을 움츠렸다. 새엄마는 문학과 연극을 아주 좋아한다. 자기 방에서 허구의 세계에 빠져 이 저택으로부터 스스로를 지키고 있다. 망상과 집념을 팽창시키고 상상력을 펼치면서. 하지만 나는 그런 새엄마의 처세술을 결코 싫어하지 않았다. 나도 그런 인간이니까. 남자에게는 감당키 힘든 여자겠지만, 아버지는 그런 새엄마를 여유롭게 받아주었다. 아버지에게는 소녀 취향의 연장으로 보였을 것이다. 내가 사이온지 씨를 원하는 이유를 알 것 같은 기분이 들어, 왠지 더 이상 참을 수 없어졌다.

"아니, 책망하는 게 아니오. 좋은 일이라고 말하는 거요. 다만…….”

아버지는 딸기를 두세 개 집더니 식탁에 늘어놓고 작은 것부터 입에 넣었다.

“과연 후지사키 가 사람들과 다니자와가 이해를 할지가 문제야.”

그걸 어떻게든 하는 게 당신의 사명 아니냐고! 남의 일처럼 말하는 아버지에게 속으로 욕을 퍼부었다. 마음의 소리가 들렸는지 딸기의 크기를 진지하게 음미하던 아버지가 갑자기 고개를 치켜들었다.

“그러고 보니 가나코는 어떻게 할 생각이지? 이제 대학도 졸업반 아니냐? 일은 할 거냐?”

입을 여는 것도 귀찮아져서 그냥 고개만 끄덕이는 내게 아버지가 걱정스러운 듯이 말했다.

“일하는 게 체질에 안 맞을 것 같은데, 괜찮겠냐?”

당신이 정치가를 할 정도라면 나는 전 세계 컬렉션에 명사로 초대받아 유명한 브랜드 옷을 선물받는 유능하고 아름다운 사상 최초의 여자 미국 대통령이 되겠죠. 그래서 빛나가는 발언만 할 줄 아는 아버지를 폭격할 거예요.

무시하고 있었더니,

"그런 점은 꼭 죽은……." 하고 말하려는 순간 나는 들고 있던 찻잔을 떨어뜨려 그의 말을 가로막았다. 새엄마가 마른 걸레를 가지러 부엌에 간 사이 나는 작은 소리로 아버지에게 말했다.

"잠깐만요. 설마 엄마 이야기를 꺼낼 생각은 아니었겠죠?"

"왜? 꺼내면 안 되니?"

놀라서 되묻는 아버지를 보고 나야말로 깜짝 놀랐다.

"당연하잖아요! 새엄마가 또 괜한 일에 신경써서 과민해지면 힘들어지는 건 나와 다비토라고요."

동생은 줄곧 관심 없는 척 딸기에 연유를 뿌려대고 있었다.

"그렇지만 가나코, 넌 정말 죽은 유미코를 닮았다. 네가 태어나자마자 세상을 떠났는데, 정말 신기하구나."

"오. 어떤 점이 닮았어요?"

지금까지 잠자코 있던 동생이 어떡하든 아버지의 입을 막으려는 내 노력을 무산시켰다. 새엄마는 아직 돌아오지 않았다. 나는 식탁에서 뚝뚝 떨어지는 찻물이 다다미 바닥에 떨어지지 않도록 손으로 받치면서 애를 태웠다.

"응? 글쎄. 일하기 싫어하고 자존심만 센 점이랄까."

뭐냐, 그건. 그런 최악의 인간하고 내가 어디가 닮았다는 거야.

"그런데 왜 그런 사람하고 결혼했어요?"

엉겁결에 목소리를 높인 순간, 새엄마가 거실로 들어섰다. 식탁을 둘러싸고 있던 세 사람 사이에 어색한 침묵이 흐른다.

아버지는 다시 딸기를 늘어놓고 이번에는 큰 쪽부터 먹는다. 찜찜한 마음으로 빈 그릇을 부엌으로 가져갔다.

"여보, 차는요?"

"응, 이따가. 설거지는 내가 할 테니 당신은 텔레비전이나 보고 있어."

아직도 데릴사위의 습성이 남아 있는지 집안일에 바지런한 아버지는 즐거운 표정으로 부엌에 들어섰다. 뒤따라온 새엄마와 사이가 꽤 좋아 보인다. 아까 한 이야기는 새엄마에게 들리지 않은 것 같아 마음이 놓였다. 그곳은 두 사람에게 맡기기로 하고 거실로 돌아오자, 마침 동생이 자리에서 일어서려던 참이었다. 동생은 내게 가볍게 신호를 하고 복도로 나갔다. 그렇다, 내일을 위한 대책을 세워야 한다. 미닫이문을 열어둔 채 동생이 복도에서 기다리고 있다. 나도 얼른 거실을 벗어났다.

동생의 방은 물건이 많지만, 기능적으로 잘 정돈되어 있다. 벽장에 쌓아둔 만화책 컬렉션과 옷뿐인 썰렁한 내 방과는 전혀 다르다. 책상에는 사전과 참고서가 깔끔하게 놓여 있고, 책장에는 책과 잡지가 정리돼 있다. 컴퓨터만큼은 전용 책상 없이 정원으로 난 창 아래 다다미 바닥에 그대로 놓여 있다.

"뭐니, 이건? 바닥에 두면 사용하기 불편하잖아."

정돈된 방과 전혀 어울리지 않았다.

"이젠 익숙해. 누워 뒹굴다가도 할 수도 있지, 책상다리를 하고 앉아 키보드를 무릎에 올려놓으면 아주 편하다고."

그런가 하고 다다미에 털썩 앉아 전원을 켜지 않은 컴퓨터 키보드를 타닥타닥 치며 기분을 내보았다.

"누난 우리 엄마를 배려하느라고 친엄마에 대해서는 전혀 알려고 하지 않아. 모처럼 아버지가 돌아왔을 때 자세히 물어보면 좋을 텐데."

동생의 제안은 고마웠지만, 전혀 기억나지 않는 엄마에 대해 새삼스럽게 아버지의 입을 통해 듣고 싶은 마음은 듣지 않았다.

"그보다 다비토가 민속학을 하고 싶다니, 난 전혀 몰랐어."

"누나가 전통 예술을 잠깐 연구했었잖아. 재미있어 보이더라고."

연구라니 쑥스럽다. 그저 전통 예술을 계승하는 마을에 가서 그 지방 젊은이들과 실컷 마시고 즐기다 왔을 뿐이다. 그러나 누나의 위엄을 지킬 수 있는 좀처럼 없는 기회이니, '연구'의 참의미에 대해서는 입을 다물기로 했다. 동생도 내 맞은편에 주저앉더니, "그래, 어떻게 할 거야?" 하고 본론을 꺼냈다.

"어떻고 저떻고 간에 아버지가 저런 사람이니, 우리한테 이러니저러니 잔소리를 하지는 않겠지. 새엄마도 내일은 꿔다놓은 보릿자루일 테고."

"역시 문제는 친척과 후원회와……다니자와 씨네."

동생은 망연자실한 표정을 지었다.

"다니자와는 오늘 여기 온다고 내게 말 한 마디 하지 않았어. 아주 나빠."

전부터 그랬다고 말하고 싶었지만, 그보다 걸리는 게 있어서 물어보았다.

"뭐야, 너 다니자와 씨와 자주 연락하니?"

"아, 메일은 주고받지."

먹을 만큼 먹은 나이에 펜팔이라고? 맥이 탁 풀렸다. 다니자와의 과잉보호는 귀여운 딸을 둔 아버지 이상이다.

"다니자와 씨는 다비토 마누라네, 완전히. 그렇게 사랑해주고 있으니, 내일 다비토가 싫어할 만한 말은 하지 않겠지."

그건 서툰 생각이라고 동생이 고개를 저었다.

"다니자와는 결국 아버지한테 붙어 있는 사람이잖아. 당연히 내가 후계자가 되어 주도권을 후지사키 가에서 아버지 쪽으로 옮기고 싶다고 생각할 거야. 만에 하나 누나가 뒤를 잇게 되면 도로아미타불이지. 후지사키라는 혈족으로 뭉쳐질 테니까."

또 의문이 솟구쳤다. 후지사키 일족이 잘난 척하고 문중회의니 하는 것을 여는 것은 내가 이 저택에 있기 때문이 아닐까. 이를테면 내가 대학 진학을 계기로 집을 나갔더라면, 아버지와 새엄마와 동생은 혈연에 연연하는 후지사키 가 친척 정도는 신경쓰지 않고 마음먹은 대로 생활할 수 있지 않았을까. 내가 여기 있는 게 일을 복잡하게 만들고 균형을 무너뜨리는 제일 큰 원인이 아닐까. 역시 익숙해진 저택의 편안함에 굴복해 도쿄의 대학까지 시간이 꽤 걸리는 거리를 통학하기로 한 것이 실수였나 보다. 나는 입술을 깨물었다.

"가나코 누나."

동생이 걱정스러운 듯이 들여다보았다.

"누나도 정치가 따윈 되고 싶지 않겠지?"

"당연하지. 나는 만화 편집자가 되고 싶어. 그래서 취업하려는 거 아냐."

"활동은 했어?"

"아니 지금 하고 있습니다요."

동생은 웃으며 담배에 불을 붙였다.

"그럼 내일은 싸울 수밖에 없겠군."

"어떻게?"

"싫다고 버티는 거지. 그리고 우리가 서로에게 후계자 자리를 떠넘기거나 양보하거나 하지 않는 거야. 상대가 생각하는 급소니까."

"그저 싫다고만 한다고? 괜찮을까, 그런 걸로."

동생은 연기를 토해내며 손을 뻗어 책상에서 재떨이를 내렸다.

"시간은 벌 수 있겠지. 이번만 넘기면 한동안은 괜찮

을 거야. 어쨌든 내가 희망하는 학부에 들어가고 나면 조금은 포기하겠지. 지금이라면 억지로 법학부나 경제학부에 밀어넣을 테니까."

나는 한숨을 쉬었다.

"네가 좀 덜 된 인간이라면 좋았을 텐데."

"기대를 받는 것도 고통스럽습니다요."

일부러 능청을 떠는 동생에게 아직 안심이 되지 않아 거듭 묻는다.

"나냐 다비토냐를 다수결로 결정하면?"

"일단 누나와 나로 표가 나뉘겠지."

"일단?"

웃으면서 동생은 재를 톡톡 털었다.

"말하자면 말이야, 누나."

내일은 '무조건 거절' 하기로 약속한 후, 나는 동생의 방에서 나왔다.

"아침 일찍부터 준비해야 할 테니 일찌감치 씻고 자는 편이 좋을거야."

"먼저 씻어도 돼?"

"물론."

동생은 컴퓨터를 켜면서 등으로만 대답했다.

"제일 먼저 목욕하면 몸에 안 좋아."

괜찮다. 그래도 나는 아직 김이 서린 욕실을 좋아한다. 목욕 준비를 하고 긴 복도를 걸어 욕실까지 가자, 태평스런 콧노래가 들려왔다. 제일 먼저 목욕할 기회를 놓친 분함에 치를 떨면서,

"아빠 바보."

하고 말해주었다. "어, 뭐야, 뭐야." 하는 얼빠진 소리와 욕탕 물이 넘치는 소리가 나서 나도 모르게 웃음을 터트렸다.

다음날 아침, 새엄마가 잠을 깨우고 시마다 씨가 기모노를 입혀주었다. 자수며 금박이 들어간 등색의 호화로운 기모노였다. 거기에 금색 띠를 둘렀다. 오늘은 꼼짝없이 정좌하고 있어야 하는 건가. 파랗게 질려 있는데, 새엄마가 들어왔다.

"어머나, 가나코. 괜찮네. 네 어머니가 입으셨던 거라더구나. 소중히 하렴."

"예."

새엄마는 수수하지만 품위있는 기모노를 깔끔하게 차려입고서 부엌 쪽으로 가버렸다. 오늘은 이웃 아주머니

들이 집안일을 도우러 와주었다.

"이러니저러니 해도 사모님은 가나코 아가씨 걱정을 많이 하세요."

기모노를 다 입힌 모습에 만족해하면서, 거울 속에서 시마다 씨가 연방 고개를 끄덕였다.

내 방 창에 걸터앉아 대나무 틈으로 친척들과 후원회 사람들이 속속 문을 열고 들어오는 것을 내다보았다. 현관에서 아버지와 다니자와가 인사를 나누는 소리도 들려온다.

"누나."

돌아보니 미닫이문 앞에 동생이 서 있다.

"다들 모인 것 같은데, 슬슬 가자."

동생은 바느질이 잘된 정장을 입고 있다.

"웬 거냐, 그 옷? 다비토는 교복 입으면 되는 거 아냐?"

"이번 일로 한 벌 얻어입었어."

빈틈없는 동생은 공짜로는 움직이지 않는다. 아버지나 새엄마를 구슬려 출자를 받은 것 같다.

"좋네. 나도 새로 사주면 좋았을걸."

"어차피 '불상 무늬 원피스' 같은 이상한 걸 살 테니 기모노가 낫지, 뭘. 근데 그 '옷이 날개' 인 고풍스런 기모노는 웬 거야?"

"죽은 엄마 옷이래."

"오오."

평소에는 자주 못 보는 기모노를 동생은 말똥말똥 쳐다보았다.

"예쁘다."

"고마워."

"아니, 기모노가."

건방진 동생에게 휘두른 주먹이 아슬아슬하게 빗나갔다 싶었는데, 어느새 응접실 앞에 도착했다.

열린 문 너머 30평은 족히 되는 응접실에는 정장과 기모노를 입은 낯익은 사람들이 담소를 나누면서 죽 앉아 있었다. 그들의 시선이 지금 막 동생에게 헛주먹질을 한 나와 시침 뚝 떼고 서 있는 동생 쪽으로 향했다. 얼른 손을 내리고 방그레 웃으며 인사를 했다. 동생도 가볍게 머리를 숙이고 둘이 나란히 방으로 들어갔다.

사람들이 방을 이중으로 둘러싸고 앉아 있다. 입구 가까운 자리에는 다니자와가 있다. 손으로 도코노마(일본식 방의 상좌에 바닥을 한층 높게 만든 곳. 벽에는 족자를 걸고 바닥은 꽃이나 장식물로 꾸며놓음—옮긴이)를 등진 자리를 가리킨다. 우리는 얌전하게 준비된 방석에 앉았다. 도코노마 바로 뒤에 준비된 자리에는 아버지가 앉는 것 같다. 조금 떨어져서 내가 앉고, 내 옆에 동생과 새엄마가 다니자와가 있는 입구 쪽으로 앉게 되어 있었다.

방석에 정좌하면서 나는 구시렁거리며 욕을 했다.

"누나, 들려."

사람들은 각자의 이야기에 열을 올리는 것처럼 보이지만, 몰래 우리 쪽으로 시선을 돌리고 귀를 쫑긋 세우고 있었다.

"괜찮아, 들어도."

세게 나갔다. 이 전통 일본식 집에서 나는 절대 정좌를 하지 않는다. 발등에 굳은살이 생기지 않도록 그냥 다리를 쭉 펴고 앉거나, 책상다리를 하고 앉는다. 그 노력 덕분에 사이온지 씨의 미적 감각을 만족시키는 다리 중의 다리를 유지할 수 있었다. 그런데 이런 시시한 모임 때문에, 부탁하지도 않았는데 찾아온 인간들 때문에, 앞으로 몇 시간이 걸릴지 모르는데 정좌를 해야 한다. 남자들은 책상다리를 하고 앉으니 괜찮겠지만, 기모노를 입은 여자는 그럴 수가 없다. 이 고행을 극복할 수 있을까 생각하면 욕 한두 마디쯤 저절로 나오는 것이다.

"발등에 굳은살이 생기면 어떻게 책임질 거냐고, 이 영감탱이들은."

맙소사 하고 동생이 한숨을 쉬며, "끝나면 내가 마사지해줄게." 하고 아버지 같은 말투로 달랬다.

바깥은 5월의 맑은 날이라는 말이 딱 어울리게, 우주로 바로 통할 것처럼 화창한 날씨인데, 나는 시시하게 발저림과 싸우고 있다. 창문이 도려낸, 차가울 정도로 파란 하늘을 멍하니 바라보다가 실내로 시선을 되돌렸다. 순간 눈이 적응하지 못한 탓으로 방 안이 암녹색으로 보였다. 마치 늪 속에서 모임을 하는 것 같다. 아버지와 새엄마가 나란히 들어왔다. 아버지가 당당하게 중심자리에, 새엄마가 머뭇머뭇 입구 가까운 자리에 앉자 드디어 회의가 시작되었다. 우선은 맥주와 청주, 가벼운 안주가 나온다. 바쁘신 가운데 와주셔서 어쩌고 하는 간단한 인사 뒤에 아버지의 선창으로 건배를 하고, 일동은 한동안 세상 사는 이런저런 이야기로 꽃을 피웠다. 아버지가 술을 따라주는 것도 싫어하고, 또 자리를 돌아다니며 인사를 건네지도 않기 때문에, 이 자리에서는 자작하는 게 불문율이 된 것 같다. 각자 원하는 속도로 마시고 있다. 새엄마는 안심한 표정으로 연방 안주와 술이 남은 상태를 체크하며 복도에 대기하고 있는 시마다 씨에게 지시를 내렸다. 아버지는 정치에 전혀 문외한인 새엄마를 이런 자리에 불러서 마음고생시키는 걸 좋아하지 않는다. 물론 술을 따르는 일 따위는 절대로 시키고 싶어하지 않는다. 그것을 치기라고 할 수도 있겠지만, 나는 아버지의 생각이 옳다고 믿는다.

그래서 나도 자작으로 청주를 마셨다. 맥주는 화장실에 가고 싶어져, 기모노 차림으로는 곤란하다고 생각했다. 옆에서 동생도 천연덕스럽게 청주를 물처럼 마시고 있다. 동생이 아직 미성년이라는 사실을 여기서는 아무도 신경쓰지 않는지 말리는 사람도 없었다. 다만 다니자와가 찌릿 시선을 쏘아댈 뿐이다.

아버지와 가장 가까운 자리에 앉아 있던 노인이 내게 말을 걸어왔다.

"가나코, 여자가 그렇게 마시면 못쓴다."

저건 누구냐. 동생이 얼른 귀엣말로 가르쳐주었다.

"후지사키 옹의 동생. 히사조 씨."

"어머나, 히사조 할아버님. 걱정해주셔서 감사합니다. 하지만 취기보다 다리가 저린 게 더 심각하네요. 편하게 앉아도 될까요?"

그래 놓고 대답을 듣기도 전에 다리를 옆으로 쭉 펴고 앉았다. 휴우, 죽을 뻔했네. 싱겁게 고행을 기권한 나는 다리를 주무르며, '히사조 할아버님'은 완전 무시하고 동생이 "맛있네." 하고 권해준 술을 또 마시기 시작한다. 아주머니들이 미간을 찌푸리는 것을 알았지만, 신경 쓰지 않았다. 요즘 세상에 여자가 술을 마시다니, 하고 말하는 인간이 오히려 이상하다. 그런 사람일수록 자기 부하에게는 사내 주제에 술도 못 마시냐, 하면서 억지로 술을 권한다. 바보 같다. 여자는 술을 마시면 안 된다, 남자는 술을 못 마시면 안 된다고 할 것 같으면 그 술로 여자에게 지지 않을 자신이나 있는지. 전에 신주쿠에서 싫다는 스나코를 따라다니는 남자가 있었는데, 술로 완전히 물리쳤던 기억을 떠올리며 쓴웃음을 지었다. 그때 나는 혼자서 한 되 반을 마시고 쓰러진 남자를 하이힐로 짓밟는 스나코를 질질 끌고 돌아왔다. 생각해보면 터무니없다. 저희들 연애질을 내게 뒤처리하게 해놓고 자기는 마지막으로 의식이 없는 상대를 짓밟다니. 스나코는 피도 눈물도 없는 지독한 여자다. 두 번 다시 스나코를 위해 그런 바보 같은 승부를 내는 일은 하지 않겠다고 맹세했다. 그런 걸로 술이 강하다는 것을 과시해서는 진정한 술꾼이라고 할 수 없다.

그런 생각을 하고 있는 동안에도 동생은 묵묵히 계속 퍼마신다. 술고래라기보다 밑 빠진 술독인 것은 혈통 때문일 것이다. 실제로 아버지 앞에도 벌써 술병이 대여섯 개나 뒹굴고 있다. 엄청난 속도다. 혹시 이 속도를 지키기 위해서 술 따라주는 것을 금지시킨 게 아닐까 하는 의혹의 눈으로 아버지를 쳐다보았을 때, 내게 보기좋게 무시당했던 히사조가 마음을 가다듬고 목소리를 높였다.

"자, 여러분. 오늘 이렇게 모인 것은 다름이 아니라, 겐지 군의, 즉, 이 후지사키 가의 후계자를 슬슬 결정해야 하기 때문입니다. 여러분도 아시다시피 정치가에게 필요한 것은 '지지기반, 간판, 가방' 입니다. 간판이나 가방은 때가 되면 따라오는 것이지만, 뭐니뭐니해도 대대로 후지사키 가에 대한 여러분의 신뢰, '지지기반' 이 가장 중요한 보물입니다. 겐지 군은 돌아가신 형님의 딸인 유미코가 선택한 사람인만큼 지금까지 아주 잘해주고 있습니다."

여기저기에서 끄덕거림과 동감의 목소리가 일었다. 아버지는 살짝 미소지으며 가볍게 머리를 숙였다. 어쩐지 완벽하게 '섬세한 정치가(데릴사위)' 라는 연기 모드에 들어간 것 같다. 그러나 섬세한 사람이 이렇게 마구 술을 마셔도 되는 걸까? 동생과 나는 서로 눈짓을 나누며 어깨를 으쓱했다.

"그리고 다음 문제는 이 중요한 지지기반, 그러니까 여러분의 신뢰를 누구에게 승계하는가 하는 것입니다."

히사조는 술로 목을 적셨다.

"의견이 있는 분 계십니까?"

사람들의 속삭임이 잔물결처럼 방 안에 가득 찼다. 남자 하나가 벌떡 일어선다.

"저는 가나코 양을 추천합니다."

눈으로 묻는 내게 동생이 대답한다.

"누나 친어머니 동생의 남편. 미쓰루 씨."

그런 사람은 모르는데, 생각하면서 안주로 오징어를 씹었다.

"저희 부부 사이에 자식이 태어나지 않은 이상, 후지사키 가의 젊은 세대는 가나코 양뿐입니다. 게다가 가나코 양은 후지사키 본가에서 마지막으로 남은 단 한 사람입니다.”

내가 따오기냐. 어이없다. 흥 하고 콧방귀를 뀌자, 동생이 팔꿈치로 쿡 찔렀다.

“여기서는 후지사키 가의 피를 이어받은 유미코 씨의 따님인 가나코 양밖에 생각할 수 없습니다.”

히사조를 비롯하여 후지사키 가 친척으로 보이는 노인들이 의기양양한 얼굴로 고개를 끄덕이고 있다. 후원회 사람들은 굳이 반대는 하지 않고 술렁거렸다. 후원회 사람들이 모인 자리에서 커피숍에 케이크를 배달해주는 케이크 가게 주인의 얼굴을 발견하고, 살짝 손을 흔들어 주었다. 주위 사람들과의 의논에 끼지 않고 있던 그는 얼른 나를 보고 “고생이 많겠네.” 하는 얼굴로 쓴웃음을 지었다. 그건 그렇고 어째서 반대 의견이 나오지 않는 걸까? 내 인망이 두터운 탓인가 하고 자아도취에 빠질 만큼 주제파악을 못하는 나는 아니다. 이것은 히사조의 음모로 이미 모두가 한통속이 된 레이스가 아닐까. 동생을 돌아보니, 괜찮아, 하는 듯이 한쪽 눈썹을 치켜올렸다. 술병을 옆에 두고 아버지가 천천히 입을 열었다.

“가나코, 네 생각은 어떠냐?”

그것은 절대 큰 목소리는 아니었지만, 방 안에 퍼지

면서 눈 깜짝할 사이에 물을 끼얹은 듯한 정적을 만들어냈다.

"저는……."

기세에 압도되어 침을 꿀꺽 삼켰을 때,

"잠깐만."

하고 다니자와가 허리를 꼿꼿하게 펴고 정좌한 채 소리를 질렀다. 긴장에서 해방되어 몸에서 힘이 빠진 내게 동생이 "거 봐" 하고 웃었다.

"가나코 양에게 승계하자는 의견에 저는 반대합니다."

후지사키 가의 장로 격인 히사조에게 정면으로 맞서는 것을 보고, 어엇 하는 동요가 일었다.

"뭐라고 다니자와? 그럼 자네는……."

히사조가 얼굴이 벌겋게 되어 묻는다.

"네, 저는 다비토 도련님을 추천합니다."

"저돕니다."

일어선 것은 후원회장인 니시와키다. 격렬하게 다니자와를 규탄하려고 했던 미쓰루는 중간에 그만 꺾여버렸다. 후원자의 대표인 니시와키가 다비토를 추천할 거라곤 예상하지 못한 분위기다. 그것은 히사조도 마찬가지였던지, "짰구만, 젊은 놈들." 하고 분한 듯이 토해내는 소리가 들렸다.

"들었어? 다비토. 저 영감, 사극에 나오는 악역 그 자체야."

"이렇게 오래된 저택에 모두 모여 있으니 누구든 작은 역이라도 연기하는 자신에게 도취될 법해."

동생은 전혀 취한 기색 없이 이번에는 시마다 씨가 날라온 차가운 맥주를 벌컥벌컥 들이켰다.

"그보다 누나. 나, 배고파."

"나도."

"아버지도."

아버지는 몸을 붙이며 조용히 말했지만, 다니자와가 노려보자 얼른 위엄을 갖추었다.

"이제 와서 피가 어쩌니 하는 것도 넌센스입니다. 후지사키 가의 피는 한 방울도 흐르지 않는 겐지 씨가 이미 이처럼 훌륭하게 정치가로서 경력을 쌓고 있습니다. 꼭 일족 중에서 후계자를 뽑아야 한다면, 겐지 씨의 아들인 다비토 도련님에게도 공평하게 기회가 주어져야 합니다."

다니자와는 침착하게, 그러나 열정을 숨기지 않고 말했다. 기선을 제압당한 미쓰루 아저씨는 히사조 할아버지가 한 번 째려보자 황급히 재반격에 나섰다.

"물론 겐지 씨는 훌륭하게 잘 하고 계십니다. 그러나 그것도 후지사키 가라는 후광이 있기 때문에 가능한 겁니다."

"그 후지사키도 우리 후원회가 있기 때문이라는 사실을 잊지 마시길."

파충류 같은 얼굴의 니시와키도 안경을 밀어올리면서 발언했다.

"이것은 어디까지나 제 개인적인 견해입니다만, 역시 시대의 흐름과 함께 저희들도 보다 유능한 인재를 응원할 필요가 있다고 생각합니다. 언제까지나 혈통을 중시할 수는 없습니다. 유권자에게도 득이 되지 않습니다."

니시와키의 시선이 나를 훑었다.

"실례지만, 가나코 양은 정치에 어울리지 않는 분으로 보입니다만."

당연하다. 나는 뇌물을 주거나 받지 않고 성실하게 일해서 작은 행복을 음미하고 싶다. 이를테면 월급날에 장어구이를 사먹고 다음날 아침에는 남은 소스를 밥에 비벼먹으며 전날 밤 즐긴 장어의 맛을 또 다시 음미하는 식으로.

"문학을 전공하고 계신 데다 또다시 데릴사위를 맞이할 수밖에 없습니다. 그렇게 되면 2대 연속입니다. 앞으로 또 문제가 생기겠지요. 그렇다면 지금 겐지 씨의 아드님을 후계자로 삼는 편이 훨씬 번거로움이 적을 것입니다."

다니자와는 입가에 떠오른 만족스런 미소를 맥주잔을 기울여 교묘히 감추었다. 니시와키도 마지막으로 한 번 더 다짐하듯 말했다.

"게다가 다비토 씨는 정치가에 어울리는 인재입니다. 그 카리스마하며 좋은 머리하며……."

카리스마가 있다는 동생이 갑자기 말허리를 자르며 끼어들었다.

"그렇지만 저도 문학부에 갈 생각입니다."

니시와키 쪽으로 흐르는 것으로 보였던 형세는 딱 얼어붙었다.

"모처럼 모여주셨는데 이런 말씀 드려서 죄송합니다만, 저는 아버지 뒤를 이을 마음이 눈곱만치도 없습니다."

다니자와가 엉겁결에 벌떡 일어나려고 했다. 의기양양해진 히사조가 무슨 말인가 하려는 걸 제지하기 위해 동생은 좀더 큰 목소리로 화제를 내게 돌렸다.

“누나는 어떻게 생각해?”

“물론 나 역시 뒤를 이을 생각이 없어.”

“가나코, 그런 건 통하지 않아.”

히사조가 일어나자, 반대로 다니자와는 힘이 빠진 듯이 가부좌를 틀고 앉았다.

“통하고 안 통하고 간에, 정치가가 세습제란 말은 들은 적 없습니다.”

술기운도 조금 빌려 나는 딱 부러지게 말했다. 케이크 가게 주인이 짝짝짝 손뼉을 치다가 미쓰루가 노려보자, 사람들 그늘에 숨는 척했다.

고요가 감도는 방 안에 그때까지 침묵을 지키고 있던 새엄마가 목소리를 냈다.

“여러분, 저어, 점심 식사 가져와도 될까요?”

긴장이 풀렸는지 사람들은 다시 술렁였다. 시마다 씨를 선두로 이웃 아주머니들이 민첩하게 쟁반을 날라왔다. 맑은 장국과 생선구이와 조림과 튀김과 계란찜이 놓여 있다. 공복에 시달리던 나는 돌아가는 분위기에 신경 쓰면서도 얼른 젓가락을 들었다.

“음, 맛있다.”

“이거 줄게.”

동생이 계란찜을 주었다. 나는 아주 좋아하는 것이지만, 동생은 별로 좋아하지 않는다. 짭짤한 푸딩 같은 느낌이 싫다고 한다. 좋아하는 것은 나중에 먹는 성격이지만, 동생이 준 계란찜은 감사히 먼저 먹기로 했다. 그래도 아직 내 몫의 계란찜이 남아 있다고 생각하니 행복해서 몸이 떨린다. 아버지는 간장과 타바스코를 뿌릴 만한 요리가 없자 시시한 듯이 생선살을 팠다.

방 안에 모인 사람들은 중요한 후계자 후보 두 사람이 딱 잘라 사퇴해버리는 바람에 허탕친 기분인 듯하다. 끼리끼리 속닥거리며 이 회의의 향방을 예상한다. 그들은 서로 마주보고 앉아 있는 히사조와 다니자와를 번갈아 보았다.

흐름이 의도한 방향으로 가지 않자, 히사조는 튀김을 소스에 듬뿍 적시면서 좋은 생각이 났는지 천천히 입을 열었다.

"어떤가, 다니자와 군. 자네는 아주 우수한 정치가 비서일세. 겐지 군도 자네를 한시도 떼어놓지 않을 만큼 신뢰하고 있고."

처자와 별거하고 있는 주제에 중년 남자와 항상 함께 다니는 것은 생각하기에 따라선 상당히 묘한 뉘앙스를 주지, 하고 생각하면서 나는 슬며시 아버지와 다니자와를 엿보았다. 그러나 두 사람 다 모르는 척하고 히사조의 이야기를 듣고 있다.

"유능한 다니자와 군이 혈연을 중시하는 데 의문을 갖는 것도 지당한 말씀. 그럼 이렇게 하면 어떤가?"

무슨 말을 꺼내려고 하나 모두의 눈이 일제히 노인에게 모였다. 그는 그 시선이 만족스러운지 잔뜩 뜸을 들인 후 근엄하게 제안했다.

"다니자와 군이 데릴사위가 되는 걸세."

푭! 마시려던 청주를 만화에서처럼 뿜어버렸다. 동생이 놀라운 반사 신경으로 손수건을 꺼내준 덕분에 엄마의 기모노는 간신히 살아남았다. 아버지는 옆에서 밥이 목구멍에 걸려 애를 먹고 있다. 다니자와의 젓가락에서 반찬이 빠져나와 바닥으로 떨어졌다.

"자, 잠깐만요! 어째서 제가 이런 아저씨와 결혼을 해야 한다는 거예요. 싫습니다!"

나는 조신함을 포기하고 거칠게 항의했다. 밥알을 간신히 목구멍으로 밀어낸 듯한 아버지가 내게만 들리게 살짝 말했다.

"그래도 너, 사이온지 씨와 사귄다면서? 그 사람에 비하면 다니자와가 훨씬 젊지."

농담할 때가 아니다. 아버지를 매섭게 노려봤다. 아마 동생에게서 다니자와를 거쳐 아버지까지 전해졌겠지 하는 생각에 입 가벼운 남자들을 일제히 노려본다. 히사조는 그것을 눈치채지 못하고 시원스럽게 웃었다.

"뭘, 스무 살 차이는 신경쓸 정도도 아니지. 어때?"

히사조의 터무니없는 제안에 넋이 나가 있던 일동은 그것도 한 방법이 될 수 있겠네 어쩌네 한 마디씩 거들었다.

"할아버지도 잘 생각해보세요. 지금부터 다니자와와 결혼해서 바로 애가 생긴다 해도 그 애가 피선거권을 얻을 때까지 적어도 25년은 걸리죠? 그동안 어떻게 할 거예요? 아버지도 다니자와도 그 때까지 살아 있을지 어떨지 모른다고요."

할아버지란 게 자기를 가리키는 말인가 하고 히사조는 불끈했지만, 겐지 군도 다니자와도 장수할 상이니 하면서 아무 근거도 없는 말을 늘어놓았다. 말하자면, 아무 생각도 없는 노인이다. 이런 중요한 자리에서 생각나는 대로 말하다니.

"한 가지 정정하자면 가나코 아가씨와 제 나이 차이

는 열일곱 살입니다. 그리고 제게도 취향이라는 것이 있습니다. 가나코 아가씨는 어릴 때부터 돌봐왔습니다만, 실례지만…….”

다니자와는 사정없이 무례한 남자다.

“왜 말끝을 흐리는 거예요, 다니자와! 진짜 무례하네, 당신이란 사람은.”

분노하는 나를 다니자와는 재미있다는 듯이 바라보았다. 나이도 먹을 만큼 먹은 어른이 옛날부터 온갖 방법을 동원해 나를 놀리는 걸 취미로 삼고 있다.

“누나, 침착해.”

동생이 소매를 잡아끌며 나를 달랬다. 그리고 히사조를 향해 웃으며 말했다.

“다니자와 씨는 벌써 결혼했습니다. 히사조 할아버님.”

뭐엇? 소리없는 놀라움이 아버지를 제외하고 다니자와를 아는 모든 사람들의 입에서 터져나왔다.

“그렇죠, 다니자와 씨?”

“예. 제게는 아내도 자식도 있습니다.”

다니자와는 점잖게 대답했다. 동생에 대한 넘치는 애정을 보면 도저히 처자식 있는 사람이 할 짓이라고는 생각할 수 없을 정도지만, 아버지도 부정하지 않는 것으로 보아 정말 다니자와는 유부남인 게 맞다.

“그렇다면 그렇다고 말을 하세요. ‘실례지만’ 이니 하지 말고.”

많은 사람들의 앞이란 걸 까맣게 잊고 나는 다니자와에게 덤벼들었다.

“죄송합니다, 아가씨.”

하지만 재미있어서, 하고 다니자와의 표정이 이야기하고 있다. 히사조 할아버지는 사사건건 순조롭지 않은 흐름에 부르르 떨면서 분노를 참아내고 있었다.

“다니자와! 이혼하고 가나코와 결혼해!”

너무나 황당한 말에 여기저기서 실소가 터졌다. 아버지도 웃으면서 수습에 나섰다.

“자, 자, 아저씨. 너무 무리한 말씀 하지 마시고.”

깨끗이 비운 쟁반을 옆으로 치우고 아버지는 일동을 한 바퀴 둘러보았다.

“어떻습니까, 여러분. 저는 아직 앞으로도 한참 더 여러분의 도움 아래 열심히 활동할 생각입니다. 지금 당장 후계자를 정할 필요는 없을 것 같습니다.”

히사조에게도 다니자와에게도 속하지 않았던 사람들이 서로 고개를 끄덕였다. 히사조는 씁쓸한 얼굴이다.

"여기까지 정치가라는 직업에 종사하면서 알게 된 것은, 아무리 무능하다고 비난을 받아도 역시 열정이 없으면 할 수 없다는 것입니다. 무능한 사람이 무능한 대로 정치라는 직업을 계속하는 이유는 명예나 돈 때문이 아닙니다. 그리고 정치가를 정치가답게 하는 것은 지지기반이 아닙니다. 오로지 정열입니다. 그게 없으면 안 된다고 생각합니다. 그런 의미에서 유감스럽지만 저는 제 자식들이 이 직업에 어울리지 않는다고 생각합니다."

모두가 흥미진진하게 듣고 있다. 아버지는 계산된 손짓으로 가느다란 손가락을 천천히 깍지 꼈다.

"그러나 나름대로의 생각이란 것도 있겠지요. 게다가 이 아이들의 마음이 바뀌지 않을 거라고 단정할 수도 없는 일입니다. 그러니 오늘은 이 정도로 마쳤으면 합니다. 아이들에게 변화가 있을 때, 여러분께서 다시 판단해주시는 게 어떻습니까?"

"찬성이오." 하는 소리가 울려퍼진다. 뭐야. 그럼 오늘 모임은 뭐였던 거야. 아버지의 특기인 골치아픈 일은 내일로 미루기 작전인가. 제대로 들어맞은 것 같다. 과연 말을 잘하는 남자다. 그러나 모인 사람들은 허탕을 쳤다는 기분이 들 것이다. 대책없는 나와 동생에게 몹시 실망했을 것이다. 점심도 먹었으니 이제 슬슬 돌아가야겠다는 분위기다. 하지만 이대로 끝나는 걸 도저히 용납하지 못하는 것이 히사조를 비롯한 후지사키 가의 혈통이다.

"그럼 후지사키 가는 어떻게 되는가? 가나코가 대를 잇지 않는다면 이제 후지사키 가는 끝일세. 겐지 군, 그건 무책임하지 않은가?"

히사조는 거의 읍소에 가까운 어조로 아버지를 설득한다.

"이 후지사키 가에 자네는 타관 사람을 살게 하고 있네. 그래놓고 자네는 면면이 구축돼온 전통과 인맥까지 끊겠다는 건가."

노발충관(怒髮衝冠 : 노한 머리털이 관을 밀어올린다는 뜻으로 분노가 극에 달한 것을 이르는 말—옮긴이)이 이런 건가? 어디선가 몹시 차가운 기운이 이는가 싶더니, 온몸의 피가 일제히 머리로 솟구쳤다. 그 흉포하기까지 한 충동에 떠밀리듯 나는 벌떡 일어섰다. 그러나 장시간 옆으로 포개 앉아 있었던 탓에 피가 제대로 통하지 않은 다리가 완전히 마비돼 그대로 고꾸라졌다. 갑자기 격한 움직임을 보이다가 다다미 바닥에 엎어지는 나를 보고 사람들이 놀라 몸을 일으켰다.

"뭐 하는 거냐, 가나코? 그러니까 여자가 그렇게 술을 마시는 게 아니라고 했지."

질책하는 히사조의 목소리가 들려와 나는 팔로 상반신을 일으켰다. 분노와 수치로 얼굴이 빨개졌다.

"아니에요! 취해서 그런 게 아니에요. 다리가 저려서 그렇단 말이에요! 그보다 뭐예요. 듣고 있자 하니 멋대로 떠드시네요. 타관 사람이란 누굴 말하는 건가요? 이 집은 어머니가 저와 아버지에게 물려준 거예요. 히사조 할아버지의 것이 아니라고요. 그 집에 새엄마와 동생과 내가 사는데, 뭐가 이상하다는 거지요? 남의 집안 일에 참견하는 히사조 할아버지야말로 타관 사람 아닌가요."

히사조는 난감해하며 입을 우물거렸다.

"가나코!"

새엄마가 낮은 목소리였지만 매섭게 나무랐다. 얼떨결에 열이 뻗쳐 떠들어대던 나는 그제야 뼈저리게 후회했다. 이 집에서 태어난 히사조 할아버지에게 이렇게 무례한 발언을 하다니! 동생이 내가 다시 바로 앉도록 도와주었다.

"……죄송합니다. 말이 지나쳤습니다."

어색한 침묵을 깨며 히사조에게 머리를 숙였다.

"음음. 그럼 후계자가 되어줄 거냐?"

어째서 그렇게 되는 거냐고?

"싫습니다."

이렇게 해서 노도같은 문중회의는 끝이 났다. 아무런 수확도 진전도 없이.

"우욱. 내 황금연휴를 돌려줘!"

마지막 손님이 돌아가고, 다시 느릿한 시간이 흐르기 시작한 저택 정원에서 나는 잉어에게 먹이를 주며 소리쳤다. 간신히 무거운 기모노에서 해방된 팔을 크게 휘두르며 모이를 던져주었더니 잉어들이 좋아 날뛴다. 철벅거리는 물소리를 듣고 동생이 집 안에서 나왔다.

"아, 다비토. 수고했어."

"누나, 그런 말 좀 하지 마."

아까 흥분해 내뱉은 발언을 지적한다는 걸 이내 알아차렸다. 나는 다시 연못 쪽으로 돌아섰다.

"그렇지만 분했어. 다비토도 싫었지?"

"하지만 나나 누나가 그런 말을 하면 엄마가 욕먹잖아. 그런 말을 하라고 시켰을 거라는 둥, 교육을 잘못 시켰다는 둥 하면서."

그런 말을 바깥에서 하지 못하게 하려면 분명히 밝힐 필요가 있다고 생각했지만, 확실히 미묘한 문제긴 하다. 생각이 좀 부족했다고 반성은 했지만 여전히 잉어에 시선을 고정시킨 채 "미안." 하고 짧게 사과했다.

옆에 선 동생은 날뛰는 잉어들을 진지한 눈으로 바라보았다. 모이를 뿌리면서 "아직 화났니?" 하고 얼굴을 들여다보자, 동생은 화난 걸 감추려는 듯이 웃으며 고개를 저었다.

"아니, 화 안 났어."

그때 집 안에서 새엄마가 불러 동생은 대답을 하며 연못을 떠났다. 동생은 가던 도중에 뒤돌아보았다.

"누나. 어떡하든 다니자와가 단념하게 할 거야. 그렇지만 그렇게 되면 누나가 점점 후계자 자리에 가까워지게 돼. 그게 싫으면 빨리 취직해."

말 안 해도 안다. 이 쓸데없는 모임 탓에 귀중한 시간을 낭비해버렸다. 니키와 스나코가 몹시 보고 싶다. 주말에 있는 출판사 입사 시험 때나 만날 수 있으려나.

아버지와 다니자와는 저녁밥도 먹지 않고 도쿄로 가버

렸다. 아니나다를까, 돌아가는 길에 다니자와는 동생을 불러 "저는 포기하지 않습니다, 도련님." 하고 말했다.

저택은 전처럼 다시 조용해졌다. 현관을 들어가려다 돌아보았다. 거기에는 아직도 아버지를 지켜보고 있는 새엄마의 모습이 보였다.

필기

화창했던 연휴 때와 달리 주말에는 비가 내렸다. 마치 장마가 시작된 것처럼 공기가 축축해지고 가는 비가 소리도 없이 대기 중에 가득 찼나 싶더니, 이번에는 큰 물방울이 세차게 우산을 두들겨댔다. 빗발의 리듬이 불규칙하게 흐트러졌다.

오늘부터 출판사 입사 시험 시즌이 시작된다. 우선은 대형 출판사인 K담사다. 스나코와 니키도 출판사를 지원하기 때문에, 남들은 믿지 않겠지만 우리도 매스컴 시험용인 『일반상식』 문제집으로 가끔씩 연구를 했다. 연구란 건 가끔씩 하는 게 아니라고 생각하지만, 이 문제집이란 게 처음부터 끝까지 어이없는 내용뿐이었다.

"다음 탤런트들을 소속사별로 나누어보시오." 하면서 프로덕션 이름이 네 개 정도 있다. 그리고 그 아래 '다운타운' 이니 '이케다니 사치오' 니 '모리와키 겐지' 니 하는 연예인 12명의 이름이 있다. 대체 뭐가 '일반상식' 인가? 몇 문제 풀다가는 꼭 "이런 걸 정말 외워야 하는 거야?" 하는 말을 누군가 내뱉었다. 그때마다 문제집을 덮고 말아 가끔씩밖에 연구할 수 없었다.

정보 군이 말하는 '취업 안내서' 는 스나코가 가까운 도서관에서 빌려왔다. 정보 군의 이야기는 거짓말이 아니었다. '평상복이라고 해도 무난한 정장으로' 라고 분명하게 쓰여 있어 웃고 말았다.

"이 작자 사진 좀 봐. 무지 수상하게 생기지 않았니? 직함이 몇 개나 되고. 버블 전성기에 입사해 업계의 단물 다 빨아먹고 독립했다는 느낌 안 드니?"

스나코는 가차없다.

"이런 불황 때 이딴 남자에게 이러니저러니 충고 듣고 싶지 않아. '무난' 이니 하면서 학생을 평균치에 길들여 가지고 '내 책을 읽고 입사시험을 친 사람이 많다' 고 말하고 싶은 것뿐이잖아. 이 인간이 생각하는 대로 하지는 않을 거야."

나도 덩달아 동의한다. 니키는 책을 훌훌 넘겨보더니 이내 덮어버렸다.

내 옆에서 스나코가 갑자기 감탄의 소리를 내질렀다.

"여기 읽어봐, 이 「체험자 이야기」. 자기 PR에서, '제 자랑은 이 웃는 얼굴입니다. 웃어서 생긴 이 주름이 그걸 증명하고 있습니다, 하고 빙그레 웃었더니 합격이었습니다' 래."

그런 기준으로 뽑으니까 회사가 망하는 거야. 우리는 한바탕 짖어댔다.

"자, 자." 하고 니키가 달랬지만, 조금 읽고는 화를 내고 조금 읽고는 화를 내는 일을 반복했다. '취업 안내서' 는 정신 건강에 아주 좋지 않은 물건이다.

"아, 난 인사 담당자의 취향과 센스를 도저히 이해할 수 없어." 스나코가 한탄했다.

"이래서야 대책을 세울 수가 없군."

우리는 할 수 없이 당면한 필기시험 합격을 목표로 정해 스파이 시험 문제집부터 풀기로 했다.

K담사의 시험장이 있는 이케부쿠로에서는 지도를 확인하기 위해 수험표를 꺼낼 필요도 없었다. 면접용 정장

차림의 사람들이 줄줄이 걸어가고 있었으므로. 오, 이쪽 방향이구나 하고 나도 따라 걷기 시작했다. 이케부쿠로 지리는 잘 모르는데, 혹시 전혀 엉뚱한 행사장에 도착하면 어떡하나 약간 불안하기도 했다. 그러나 한 손에 우산을 든 상태로 지도를 꺼내는 게 귀찮아서 그대로 사람들 뒤를 따라갔다.

비가 싫다고 생각했다. 그리고 고층 빌딩 바로 아래에서 올려다보는 게 정말 재미없다고 생각했다. 나는 신주쿠 빌딩 숲을 좋아한다. 삭막하면서도 섬세함을 겸비한 빌딩들이 의연하게, 그러나 서로 몸을 기대고 어둠 속에 떠올라 창으로 진주 같은 불빛을 뿌리고 있는 것을 전철에서 바라볼 때마다 나는 몹시 쓸쓸해진다. 하지만 그것은 나를 고양시키는 쓸쓸함이다. 친구와 헤어져 시부야 스크램블 사거리를 건널 때의 기분과 비슷하다. 아무리 사람이 많아도 안녕이란 말을 서로 나눌 수 있는 사람은 극소수뿐이란 걸 실감한다. 스나코는 지방에서 올라왔기 때문에 아직도 인파를 싫어한다. 황금연휴 때도 친척의 결혼식이 있다면서 도쿄에서 함께 지내는 오빠와 본가로 돌아갔다. 그러나 나는 사람들이 많이 있는 것도 그렇게 나쁘다고는 생각하지않는다.

다시 텅 빈 집을 떠올렸다. 동생은 최근 며칠 모습을 보이지 않았다. 새엄마는 다도며 꽃꽂이를 배우러 다니느라 바쁘다. 아버지가 집에 왔다가 다시 도쿄로 돌아가 버리면 한동안 이런 상태가 계속된다.

빗물이 스며든 스니커즈를 멍하니 바라보면서 걸음을 재촉했다. 오늘은 청바지에 'HARD TAIL' 이라고 쓰인 화살표가 하트를 뚫고 있는 모양이 프린트된 티셔츠다. 시간이 없어서 돋보이는 차림은 하지 못했다. 게다가 구멍 난 스니커즈다. 새로 사야 하나 생각하고 있는데, 툭 하고 내 우산에 다른 우산이 부딪히는 느낌과 함께 우산 표면에 모여 있던 빗방울이 일제히 내 스니커즈 위로 떨어진다. 길이 복잡한 것도 아닌데 이 부주의한 인간은 대체 누구냐 생각했지만, 고개를 들지 않았다. 그때 "가나코." 하는 니키의 목소리가 들렸다. 깜짝 놀라 돌아보니, 역시 니키다. 왠지 몹시 오랜만이라는 기분이 들어 비 때문에 우울했던 마음이 갑자기 밝아진다.

"니키! 보고 싶었어."

우산이 방해가 되긴 했지만, 우리는 어깨를 나란히 하고 걸었다.

"신발이 다 젖어버린 거 있지."

내 불평에 니키가 시선을 발치로 내려 스니커즈를 훑어본다.

"빨아주어서 다행이라고 생각하라고."

이 스니커즈를 일부러 비 오는 날 골라 신은 것은 사실이다. 비 오는 날 할 일 없이 드라이브를 나가 차를 씻으려는 짓과 같은 허무한 몸부림이다. 나는 투덜거리는 걸 멈추고 화제를 바꾸었다.

"공부 많이 했니?"

"그럴리가."

니키가 웃었다.

"그런 '일반상식' 이라면 모르는 문제가 나와도 어쩔 수 없지, 뭐. 공부는 안 해."

그것보다, 하고 니키는 우산 아래로 나를 내려다보았다.

"왜 고개를 푹 숙이고 터덜터덜 걷고 있었던 거야? 무슨 일 있었어?"

니키에게도 스나코에게도 집안에 대해서는 거의 얘기하지 않았다. 그들도 내가 말하지 않는 것을 굳이 알려고 하지 않았다. 아버지의 직업도 명확하게 설명한 적이 없다. 물론 그런 것은 저절로 아는 것이니 그들도 알고는 있을 테지만.

"으응. 아무것도 아냐. 날씨도 이렇고, 목적지도 역에서 멀고, 괜히 우울하네."

그러게, 하고 니키도 한숨을 토했다.

"어제 스나코에게 전화해보았는데, 걔는 시험이 오전 중이라나 봐."

"뭐? 두 차례로 나눠서 시험을 치는 거야?"

"응. 이 시험장에서 집이 가까운 사람은 오전, 먼 사람은 오후, 그런 식으로 나눈 것 같아."

과연! 니키는 지바에 살고 있다. 서로의 집은 세 시간 정도 걸리는 거리다. 신간선이라면 오사카까지 갈 수 있는 시간이다. 그래서 귀차니스트인 나는 한번도 니키의 집에 간 적이 없었다. 착한 니키는 연극 연습이니 리포트 공동 작성이니 하는 이유를 대고 스나코와 함께 우리 집까지 와주곤 하는데.

"이 정도 인원이라면 아무래도 서류 심사는 하지 않은 것 같다."

"설마."

불만이었다. 공부는 했지만 스파이 시험에는 자신이 없고, 『일반상식』도 내 상식을 훨씬 넘는 것이 출제될 것 같기 때문이다. 기껏 귀찮은 입사 지원서에 이것저것 열심히 적어 넣었는데, 오늘 필기시험에 떨어지면 그건 보지도 않고 버려질 거라니!

"적어도 사진만이라도 돌려주면 좋겠어. 사진값도 비싼데. 다음에 또 쓸 수 있게 말이야."

"정말 그래."

겨우 시험장에 도착했다. 어떤 형태를 하고 있는지 전체 모습을 파악하기 힘든 건물이었다. 커다란 시민회관이나 국립극장 같은 분위기다. 계속해서 찾아오는 정장을 입은 학생들을 'K담사'의 완장을 찬 아저씨가,

"입구는 이쪽입니다." 하고 유도하고 있었다.

출판사는 그다지 딱딱하지 않은 회사라는 이미지가 있기 때문인지, 이렇게 모여든 사람들 중에는 평상복 차림도 간혹 있었다. 약간 안심하며 새삼 옆에 있는 니키를 보니 라틴풍의 무늬가 화려한 셔츠 위에 얇고 검은 코트 차림이다. 피부색이 희고 마른 편인 니키는 어쩐지 아주 약해 보이는 인텔리 야쿠자 같다. 그 옆에는 니키와 마찬가지로 의욕 따윈 없는 차림의 내가 서 있다. 어째 이렇게 남녀가 조화를 맞추었을까 하고 웃음을 참으면서 입구 쪽으로 들어가는데, 옆에서 누가 팔을 꽉 잡는다.

놀라서 보니 스나코다. 반갑게 인사를 하려는데 스나

코는 나를 그늘로 끌고 가려 했다. 그런 상황을 모르고 그냥 가버리려는 니키의 코트를 황급히 잡았다. 나는 니키와 함께 스나코에게 끌려갔다.

"뭐야, 스나코였어?"

"어쩐 일이야, 스나코. 네 차례는 벌써 끝나지 않았니?"

스나코는 점잖은 검은색 원피스를 입고 있었다. 대체 어디에 필기도구가 들어갈까 싶은 작은 백밖에 들고 있지 않았다. 평소 모습 그대로다.

"너희들 기다렸잖아. 시간 좀 여유 있게 다녀. 못 보고 놓친 줄 알고 조마조마했잖아. 이상한 옷을 입은 두 사람이라 금방 알아보긴 했지만."

역시 좀더 제대로 된 옷을 입고 와야 했구나 생각하고 있는데, 스나코가 목소리를 낮췄다.

"그런데 말이야. 코소보 위치를 확인해둬."

"코소보?"

니키와 나는 한 목소리로 되물었다.

"나왔어, 코소보 위치가 어디입니까 하는 문제가. 나는 지도를 봐도 어느 쪽이 바다인지 육지인지 알 수도 없었지만."

우리는 어이가 없었다.

"그건 신문에서 봐 알고 있지만……."

"가나코도?"

스나코가 살기를 띠고 묻는다.

"으응. 나도 아침 먹으면서 뉴스는 보니까."

뭐야, 역시 상식인 거야, 하고 스나코는 중얼거린다. 이번에는 배가 가라앉는 걸로 히트친 영화 제목을 거론했다.

"그 영화 봤니?"

기세에 압도되어 고개를 끄덕였다.

"사이온지 씨의 노인회 멤버가 영화사와 관련이 있는지 필름을 그대로 빌려와서……집회소에서 상영한다고 해서 사이온지 씨와 데이트 겸 봤어."

"노인회 모임에 어울려서 데이트를 해?"

"그걸 데이트라고 할 수 있어?"

니키도 스나코도 어이없는 얼굴이다. 스나코는 다시 심각한 얼굴로 목소리를 낮췄다.

"나와."

그늘에 숨어서 그런 말을 하니 나는 엉겁결에 더듬거리며 되물었다.

"뭐, 뭐가?"

"뭐가라니, 당연히 출제 문제지. 니키는 그 영화 봤니?"

"아니, 못 봤어."

"나도 못 봤어. 아, 봐두면 좋았을걸."

스나코는 분한 듯했다. 그렇게 히트친 영화를 보지 않았다니, 애들은 정말 유행하고는 담을 쌓았구나 생각했다. 스나코가 또다시 충고했다.

"그렇지만 니키, 이제 와서 가나코에게 줄거리 들어도 소용없어. 더 세밀하게 파고들어서 질문을 하니까. 그건 본 사람이 아니면 몰라."

"아, 됐어. 줄거리는 안 봐도 알아."

니키는 다 안다는 듯이 말했다.

"내가 충고할 수 있는 것은 이것뿐이야. 코소보. 반드시 코소보의 위치에 주의해."

"저기, 고마워. 그런데…… 오전이랑 오후랑 시험 내용이 다를지도 모르잖니?"

이렇게 말하는 나를 스나코는 시선으로 가로막았다.

"됐어. 나는 이미 떨어졌으니까. 너희들은 잘하고 와."

뭐라고 대답할 말이 없어 고개만 끄덕이는 우리를 보

고, 스나코는 그제야 환히 웃으며 몸을 돌렸다.

"그럼 안녕. 나는 지금부터 노브 만나러 갈 거야."

어둠 속에 남겨진 우리는 잠시 멍하니 있었다.

"뭐냐……."

"스나코의 친절일 거야, 분명."

"그거야 알지만."

니키는 아직 어안이 벙벙한 것 같다. 다시 입구로 발길을 옮기면서,

"아직 계속 만나는 모양이지, 노브인지 뭔지 하고."

"이번에는 길게 가네."

이런 감상을 주고받는 게 고작이었다.

대체 몇천 명이나 되는 거야. 시험장에 들어간 나와 니키는 깜짝 놀랐다. 체육관을 몇 개 붙여놓은 것처럼 드넓은 공간에 책상들이 빼곡이 줄지어 있고, 맨 앞에서 설명을 하는 사원의 모습은 새끼손가락의 손톱만큼 작아 보인다. 물론 그는 마이크를 사용하고 있다. 이런 방(방이라고 하기에는 너무 크다)이 시험장 내에 몇 개나 있는데, 방마다 사람이 가득하다. 더욱이 오전에도 같은 광경이 펼쳐졌을 터. 갑자기 두통이 일기 시작했다.

"이 수천 명의 사람 가운데 최종적으로 K담사에 입사

할 수 있는 사람은……."

"대체로 해마다 20명 남짓. 편집부는 15명 전후. 여자는 5, 6명."

제대로 조사해온 니키의 말에 절망을 느꼈다. 대충 본 바로 남녀 비율은 거의 5대 5다. 여자의 경쟁률이 훨씬 높아진다. 내가 그렇게 말하자, 니키가 쓴웃음을 지었다.

"남자도 마찬가지야. 이렇게 된 바에야 운에 맡겨야지."

니키가 돌아갈까, 하고 눈으로 묻는 바람에 오히려 오기가 생겼다.

"안 돌아갈 거야. 시험을 치지 않으면 확률은 제로지만, 치면 조금이라도 K담사에 들어갈 가능성이 생기니까."

"보기 드물게 건설적인 얘길 하네."

니키는 놀리는 투가 아니라 진지하게 말했다.

"응. 난 말이야, 텔레비전이나 담배는 없어도 전혀 상관없어. 하지만 책이나 만화가 없는 생활이란 상상할 수가 없어."

나는 말을 끊고, 잠시 생각을 정리한 뒤에 말을 이었다.

"그러니까……현실적인 문제로 매일 돈을 벌면서 살아야 한다면, 좋아하는 일을 직업으로 삼아야 행복할 거 같아."

니키는 고개를 갸웃거렸다.

"아마 '좋아하는 것' 만으로 끝나지 않는 힘든 일도 있을 텐데?"

"응, 그래도. 실제로 일해보지 않고는 얼마나 힘든지 모르지만, 적어도 지금은 처음부터 포기할 생각이 없어. 전혀 흥미도 없는 회사에 시험을 치는 건 싫어."

니키는 중얼거렸다.

"가나코가 그렇게 정열적이라니 좀 놀랐다."

"만화에 대해서만."

쑥스럽게 웃는 내게 니키가 거듭 묻는다.

"좋아하는 것을 포기해서 후회할 거라면, 밑져봐야 본전인데 해보는 편이 낫겠지?"

"응. 아마도."

니키는 더 이상 아무 말도 하지 않고, 조용히 미소지었다.

우리는 줄지어 늘어서 있는 책상들 사이로 들어갔다. 수험표를 보고 자기 자리를 찾는 것도 쉬운 일이 아니었다. 회사 측에서는 이미 이름 기입법 등을 설명하고 있었다. 마음이 급해져서 두리번두리번 자리를 찾았다. 그러자 앞쪽에서 설명하고 있던 K담사의 남자가,

"가쿠토格闘에 동그라미를 쳐주세요."

라고 했다. 무슨 말인가 생각하고 있는데, 니키가 즉시 한 마디 했다.

"가이토該當겠지."

아아, 해당사항이라고 할 때의 '해당'이었구나, 하고 알게 되자 힘이 쭉 빠졌다.

K담사의 남자는 저 멀리서 "가쿠토, 가쿠토"를 되풀이하고 있다.

"이거 우리, 의외로 붙을지도 모르겠는걸."

니키는 평소의 니키로 돌아와 빈정거리듯 말하더니, 이따 보자 하고 가볍게 손을 흔들고 자기 자리를 향해 갔다. 나도 주위를 두리번거리다 간신히 자리를 찾아 앉았다.

시험은 먼저 시험 전문 기관에서 만든 SPI로 시작되었다. 내 수학 회로는 완전히 닫혀 있어서, 손이 가는 대로 아무렇게나 체크를 했다. 겨우 그걸 끝내자 이번에는 K담사가 만든 『일반상식』100문제와 한자 쓰기 테스트다. 문제가 100개라는 사실을 알고서 뇌에 상당한 피로를 느꼈지만, 그래도 SPI보다는 낫지 않을까 하고 마음을 가다듬었다. 그들이 말하는 '상식'의 범위는 폭이 무척 넓어서, 문학 · 영화 · 패션에서 정치, 경제, 시사, 유행물까지 다방면에 걸쳐 출제되었다. 정치나 경제와는 좀 거리가 멀지만, 다른 문제들은 대충 아는 것이었다. 만화나 영화 등은 거침없이 답을 쓰고, 모르는 것은 나중에 천천히 생각하려고 했지만, 생각해봐야 모르는 것은 모르는 것일 뿐이다. 결국 전부 다 대충 감으로만 답을 써나갔다. 어쩐지 오전과 오후에 문제를 바꾸는 정도의 수고는 하지 않았던 것 같다. 스나코가 말한 대로, 코소보의 위치를 묻는 문제와 배가 침몰하는 영화에 관해 꽤 상세히 묻는 문제가 있었다.

세 시간쯤 걸렸을까. 겨우 모든 시험이 끝났을 때는 끝냈다는 후련함도 있었지만, 미국 횡단 울트라 퀴즈로 잡학 지식 시험을 친 듯한 피로감이 몰려들었다. 끝났으니 얼른 돌아가고 싶었으나, 너무 인원이 많아서 나가는 것도 순서를 기다려야 했다. 마치 콘서트장 같았다. "돌아가도 좋다."는 허락이 떨어질 때까지 멍청하게 기다리고 있을 때 니키가 다가왔다.

"신주쿠까지 함께 가자."

"응."

'가쿠토' 사원에게서 겨우 퇴장 허락을 얻은 우리는

조용히 일어섰다.

밖에는 아직도 비가 내리고 있었다. 이런 상태로는 내일 또한 좋은 날씨를 기대할 수 없을 것이다.

"내일은 집A사 시험이야. 역시 비가 오려나."

"아, 난 집A사 서류 심사에 떨어졌어. 그러니까 내일은 집에서 쉴 거야."

"어머. 떨어졌어?"

"응. 입사 지원서 설문에 '가장 기뻤던 일'에 '초밥을 먹은 것'이라고 쓴 게 나빴던 것 같아."

니키가 담담하게 말한다.

"초밥을 먹을 때마다 정말 행복하거든. 그런데 장난이라고 생각했나 봐."

거기서 니키는 옆에 있는 나를 바라보았다. "가나코는 뭐라고 썼어?"

"음……, 사이온지 씨가 원피스를 칭찬해주었던 일."

"설마 그 이상한 불상 무늬?"

정답을 맞혀 나는 뜨끔했다. 사이온지 씨 외의 다른 사람에게는 엄청나게 평이 나빴던 옷이다.

"그렇지만 아무도 칭찬해주지 않았는데, 사이온지 씨만 좋다고 해주었단 말이야. 기쁘지 않았겠니?"

잠시 침묵이 흐른 후 니키가 말했다.

"그 '가장 기뻤던 일' 이란 건 지금까지 살아오면서 겪었던 일 가운데 가장 기뻤던 거겠지?"

"뭐야, 니키? '초밥을 먹은 것' 이라고 쓴 주제에."

"됐어, 난 떨어졌으니까. 노인네가 원피스 칭찬해준 게 일생에서 가장 기뻤던 일이라니, 대체 지금까지 넌 어떤 인생을 살아온 거냐, 어떻게 그걸로 가나코는 붙고 나는 떨어진 거지?"

확실히 그 말도 일리가 있다.

"추첨 아닐까?"

물론 니키는 아무래도 이해가 가지 않는 것 같다.

역까지 걸어가는 길은 올 때만큼 멀게 느껴지지 않았다. 미리 돌아가는 차표를 사두었던 우리는 혼잡한 발매기 앞에 줄을 설 필요 없이 전철을 탔다. 신주쿠에서 헤어질 때, 니키는 "내일도 열심히 해." 하고 말했다. 나는 저만치 멀어져가는 신주쿠 빌딩 숲을 바라보았다. 전철의 진동에 기분좋게 몸을 맡겼다.

어떤 일이든, 일을 한다는 것은 정말로 힘들다.

다음 날도 역시 비가 와서, 아케이드를 두드리는 빗소

리를 들으면서 아직 열리지 않은 가게가 태반인 아침 상점가를 지나갔다. 아르바이트를 하는 커피숍은 이미 문을 열어놓아 향긋한 커피향이 바깥까지 떠돌고 있었다. 취업한다고 지배인은 아르바이트 날짜를 꽤 배려해주고 있다. 문 너머로 눈이 마주치자 꾸벅 인사를 했다. 지배인도 웃는 얼굴로 손을 흔들어준다. 그는 출근하기 전에 들른 단골손님을 상대하고 있다.

만원 전철에 꼭 낀 채 실려 가면서, 나는 사람들 틈으로 언뜻언뜻 보이는 창 밖을 바라보았다. 과연 나는 정말로 일을 할 수 있을까? 매일 전철을 타고 정해진 시간에 회사에 간다. 대다수 대학생이 '매일 아침 일찍 일어나서 규칙적인 생활을 할 수 있을까' 하는 불안을 느끼면서 회사에 들어가려고 애를 쓴다. 무엇보다 아침에 일어나는 것부터가 자신이 없다. 아르바이트로 적당히 빈둥거리며 지내면 마음은 편하지만, 그걸 선택할 만큼의 배짱도 없다. 끝내 아무 데도 취직이 되지 않아 물러앉을 수밖에 없는 상태가 될 때까지는, 만화 편집자가 되어 매일 만화에 빠져 살겠다는 야망을 버리지 말자고 맹세했다. 그러면 보너스도 받을 수 있다. 생각만 해도 황홀했다. 보너스. 비너스와 보케나스(멍청이, 얼간이라는 뜻의 일본어—옮긴이)를 더해서 둘로 나눈 듯한, 얼마나 멍청하고 매혹적인 어감인가. 한 번이라도 좋으니 '보너스'란 걸 받아보고 싶다. 전철은 오늘 시험에 대비해 새삼 바짝 긴장한 나를 신주쿠 홈에다 토해놓았다.

집A사 필기시험장은 스이도바시에 있는 대학교였다. 이번에는 지도를 머리에 입력해두어서 불안해할 필요없이 길을 갔다. 여전히 비는 내리고 있었지만, 하늘은 어제보다 밝다. 목표로 한 건물을 향해 길을 건너려고 신호를 기다리는데, 내 옆으로 스나코가 지나갔다. 스나코는 인파 속에서도 바로 알아볼 정도로 정말 예쁘다.

"스나코, 스나코." 부르자,

"앗, 가나코!" 하고 반갑게 달려왔다.

"대체 어디 가는 거니? 시험장은 저기야."

"어머, 얘, 알아. 목이 마르면 안 되니까 페트병에 든 차라도 사가려고."

그렇구나, 스나코가 가려고 한 가게가 어딘지 알았다. 담뱃가게 플러스 주류 판매점 같은 가게에 함께 들어가 각자 차를 샀다.

"점심시간 지날 때까지 하겠지? 배고프겠다."

"끝나면 뭐 사먹자."

스나코가 고개를 끄덕였다. 그리고 문득 생각난 듯이 묻는다.

"어때, 어제 내가 말한 문제 나왔지?"

나는 시험장으로 가면서 어제 니키와 나눈 대화를 대충 설명했다. 한자를 잘못 읽은 것에 대해 이야기하자, 스나코가 재미있다며 웃었다.

"우와. 나도 한자는 잘못 읽으니까 남 말 할 수는 없지만, 그래도 그렇게 많은 사람들 앞에서 그건 좀 부끄러운 일인걸."

자기가 다니지 않은 대학을 걸어다니는 것은 뭔가 즐거운 경험이었다. 우리는 게시판을 보고는,

"어머머, 경제학 A는 휴강이래."

"앗, 문학부 3학년 나카무라 군 호출이네."

하면서 별것 아닌 걸 가지고 재미있어했다. 교실은 수험표 번호순으로 나눠져 있었다. 스나코와 내 번호는 비교적 가까워서 교실이 같았다. 4층까지 올라가는 것은 스나코에게는 대단한 노동이다. 가부키좌에서 히토마쿠미(1막만 볼 수 있는 관람석으로 4층에 마련됨—옮긴이)까지 올라가는 계단에서 헉헉거리다, 정정한 노인들에게 잇따라 추월당한 한심한 기록을 가지고 있는 아이다. 이렇게 말

하는 나도 Y섬을 렌터카로 일주하는 동안 132대의 차에 추월당한 기록을 갖고 있다. 교통량이 적어 한 바퀴 도는 데 세 시간 정도 걸리는 그 섬에서 이 기록은 대단한 것이다. 내 이야기를 들은 니키는 온 섬의 차들에게 추월당한 거 아니냐며 웃었다. 함께 놀러간 사람은 물론 스나코였는데, 스나코는 내 슬로 페이스에 화를 내는 법도 없이 기분좋게 조수석에서 창 밖을 내다보고 있었다.

헉헉거리며 어깨로 숨을 쉬는 스나코를 도우면서, 나는 지정된 교실을 찾았다. 괴롭게 숨을 헐떡이는 와중에도 스나코는 복도에 서 있던 집A사의 젊은 남자 사원을 보고, "아, 저 사람 멋있다." 하고 점을 찍었다. 어이없어하는 나를 못 본 척하고, 스나코는 그 남자의 담당인 듯한 교실로 들어가버렸다.

"잠깐, 잠깐. 그 교실 맞니?"

황급히 뒤를 쫓아갔더니만, 세상에 정말로 그 교실이 맞다. 수험표 번호와 교실 번호를 번갈아보며 나는 한숨을 쉬었다. 여자의 육감이랄까 본능이랄까, 그것만큼 믿을 만한 것은 이 세상에 없는 것 같다. 특히 스나코의 그것만큼.

자리는 지정돼 있지 않았다. 완전히 자유였다. 앞에서

부터 차례로 앉으라는 지시에 따라 스나코와 나는 교실 한가운데 있는 긴 책상에 나란히 앉았다. 엄청나게 많은 인원의 수험 번호를 일일이 책상에 붙여 준비한 K담사에 비하면 상당히 느긋하다고 할까? 자유분방하다.

집A사는 시험 문제 출제 경향도 K담사에 비해 훨씬 직선적이었다. 문학사에 관련된 문제가 많은 듯했으나, 평소 집에서 책이나 만화만 읽는 사람에게는 이 편이 고맙다. 영어도 시간에 비해서는 양이 많았지만, 문법 문제보다는 전후 맥락으로 답을 유추하기 쉬운 문장 문제 쪽을 좋아했기 때문에 모든 문제를 훑어볼 시간적 여유가 있었다. 일찍 일어난 탓인지, 어제 일찍 잔 덕분인지 근래 보기 드문 속도로 뇌가 회전했다.

"스나코, 나 오늘 정신이 무지 맑아. 역시 일찍 자고 일찍 일어난 게 좋았나 봐."

"또오. 오늘만 일찍 일어났는데 그렇게 금세 효과가 나타날 리 없잖아."

스나코는 성가신 듯이 말했다. 그리고 사온 차를 꿀꺽꿀꺽 마신다.

"나는 일찍 일어나는 바람에 졸려서 미치겠어."

스나코가 크게 하품을 하는 찰나, 그 멋있다고 눈독들

인 사원이, "다음은 작문입니다." 하고 설명을 시작했다.

"저 남자, 시험 내내 여사원이랑 수다 떨고 있었어. 정신 산만하게."

이건 명백한 질투다. 자자, 젊은 사람이 그럴 수도 있지, 수다 떠는 것쯤이야, 하고 달랬다.

"저런 이상한 스카프를 맨 여자와 즐겁게 얘길 하다니."

스나코는 의욕이 한풀 꺾인 것 같다. 집A사의 패션 잡지 가운데 스나코와 나는 〈인센티브〉라는 것을 좋아해서 즐겨 읽는다. 컬렉션 특집도 있고, 살 수 있을 것 같으면서 못 살 것 같은 옷을 주로 소개하는 잡지다. 보면 즐겁고 짜릿한 센스가 있다. 그러나 이 시험장에 있는 집A사 여사원들의 복장은 모두 한결같이 〈난나〉풍이었다. 〈난나〉도 집A사 잡지이지만, 〈인센티브〉와는 편집 방침이 뚜렷하게 다르다. '일주일 동안 매일 바꿔가며 입는 옷' 이니, '올봄 셔츠 99장' 이니, 하여간 싸구려다. 우리는 꿈을 파는 잡지에서는 그런 실용적인 옷을 소개해주지 않아도 된다고 생각한다.

"저 사람들, 분명 직원 할인으로 〈난나〉를 사서 참고하고 있을 거야."

스나코는 작문 용지를 돌리면서 작게 말한다. 확실히

베이비블루와 크림옐로의 얇은 반팔 니트에 같은 색 카디건을 입고, 목에는 작은 돌이 달린 목걸이나 스카프를 감고 있는 모습은 너무나도 〈난나〉풍이다. 그녀들의 차림과 오늘 우리의 차림은 지향하는 바가 너무 다르다. 아주 싸게 산 주름이 잔뜩 잡힌 검은색 롱스커트에다, 몸에 딱 붙고 목둘레 칼라가 열린 셔츠를 입은 나는 나름대로 중세 수녀풍 연출이라고 우기고, 스나코는 가슴팍에 레이스가 달린, 눈이 번쩍 뜨일 것 같은 광택이 나는 파란 슬립 원피스에 섬세한 디자인의 검은색 카디건 차림으로, 경박한 창녀를 연상시키는데 사실 창녀 치고는 가슴이 너무 빈약하다.

어쩐지 저 남자 사원은 스나코를 실망시킨 것 같군, 생각하면서 시작 신호와 함께 작문 과제를 보았다. 종이에는 이상한 사진이 인쇄되어 있었다. 〈광장에서 코끼리 몇 마리를 데리고 산보하는 남자들〉과 〈거대한 접시형 안테나를 올려다보는 사람들〉 사진이다. 한 장을 선택하여 어울리는 스토리를 만들고, 한 시간 동안 원고지 다섯 장에 정리하는 것이다. 흐음흐음, 과연. 수면을 적당히 취한 내 머리는 순식간에 〈광장에서 코끼리 몇 마리를 데리고 산보하는 남자들〉 사진에서 이야기를 뽑아

냈다. 아이디어가 도망치기 전에 이야기 꼬리를 잡아, 당장 원고지에 쓰기 시작한다. 정글 속 돌탑에서 느릿한 일상에서의 탈출을 꿈꾸면서 외로움을 견뎌내는, 열대우림의 공주 이야기였다. 그녀는 오늘 코끼리를 데리고 줄을 선 구혼자 가운데 한 사람을 뽑아야만 하는 것이다.

……

기왕이면 작고 귀여운 코끼리를 고르자, 하고 공주는 생각했다.

다섯 장을 빽빽하게 채웠을 때, 나의 맑은 정신이 무서워졌다. 이 넘치는 재능은 어떻게 된 것일까? 다시 읽어보니 페미니즘이 배어 있으면서 요즘 시대에 어울리는 멋진 작품으로 완성된 것 같다. 게다가 마무리까지 훌륭하다. 고독한 공주가 내내 행복하길 기도하면서 나는 만족스럽게 연필을 놓았다.

아무래도 익숙하지 않은 규칙적인 생활 리듬 탓에 약간 들뜬 상태가 된 것 같다. 그걸 깨달은 것은 시험이 끝나 스나코와 점심을 먹고 함께 영화를 보고, 또 저녁으로 오코노미야키를 먹고 나서였다.

"오늘 집A사 필기시험이었지?"

"응, 그러고 보니 오전에 시험을 쳤네."

"우린 어째서 그 후로 이렇게 밤늦게까지 놀고 있을까?"

정신을 차리자 한꺼번에 피로가 몰려왔다. 들뜬 기분이 가라앉은 지금 돌이켜 생각해보니, 작문도 그렇게 완성도가 대단한 게 아니었다. 역시 아침에 일찍 일어나는 건 육체에도 정신에도 생각지 못한 악영향을 미친다는 결론을 내렸다. 우리는 곧 각자 집으로 돌아갔다.

면접

수업이 없는 날, 점심때쯤 되어 아르바이트를 가려고 신을 신고 있는데 전화벨이 울렸다. 시마다 씨는 낮에 한 번 자기 집에 다녀오기 때문에 집에 없다. 새엄마는 또 외출중이다. 그러나 오늘은 동생이 학교를 땡땡이치고 방에서 뒹굴거리고 있을 텐데. 전화는 계속 울리고 아무도 받을 기미가 없다. 뭔가 소리가 나면 텅 빈 느낌이 더 커지는 이 저택을 생각하면, 외출하고 싶어하는 새엄마의 마음도 이해가 간다. 그러고 보니 나도 친족회의 이후로는 잠자는 시간밖에 집에 있지 않았다. 취직 시험으로 분주했던 탓도 있지만.

세일즈 전화면 어쩌지 생각하면서, 신던 구두를 벗고

서 복도 모퉁이에 놓여 있는 전화를 받았다.

"여보세요."

"가나코 아가씨입니까?"

세일즈 전화보다 더 나쁘다. 다니자와였다.

"다비토 도련님 계십니까?"

"이봐요. 지금은 월요일 한낮이잖아요? 다비토는 학교에 있겠죠."

자연스럽게 거짓말로 때웠지만, 다니자와는 물러나는 기색이 없다.

"학교에 자료를 부탁했더니, 도련님은 고등학교 2학년 초에 진로 조사에서 문학부를 희망하셨다고 하더군요. 한 번 제대로 이야기를 나눠야 할 것 같아서."

설교를 하려고 전화를 한 것이다.

"하고 싶은 게 이미 정해진 것 같은데요. 그리고 본인이 희망하는 거니 됐잖아요."

동생을 감싸려고 했지만, 다니자와는 납득하지 않았다.

"이것은 도련님 한 사람의 문제가 아닙니다. 도련님이나 가나코 아가씨가 아버님이 해오신 일의 뒤를 잇느냐 못 잇느냐 하는 중대한 시점입니다."

어째 연설이 시작될 것 같은 불온한 느낌이 든다. 내

가 왜 대낮부터 다니자와나 상대하고 있어야 하지?

"알았어요. 다비토에게 전해둘게요. 난 지금부터 아르바이트하러 가야 해요."

"아, 실례했습니다. 그럼 또 밤에라도 전화드리겠습니다. 도련님이 돌아오시면 도망가지 않도록 해주십시오."

"네, 네."

겨우 전화를 끊었다. 그런데 기척도 없이 등 뒤에 동생이 서 있다. 나는 펄쩍 뛰어오를 만큼 놀랐다.

"꺄악! 왜 뒤에 있는 거야!"

"아니, 화장실에 있는데 전화가 울리잖아. 아무도 없는 줄 알고 허겁지겁 나왔더니 누나가 다니자와를 상대하고 있는 것 같아서, 사태를 지켜보았지."

나를 죽일 생각이냐.

"다니자와가 네가 제출한 진로에 화가 났어. 오늘 밤에 전화하겠대."

흥 하고 동생은 뭔가 생각하는 얼굴이다.

"이대로라면 다니자와는 자기가 원하는 대로 만든 진로 조사표를 억지로 학교에 제출할 것 같은데."

과연 그러고도 남을 것이다. 다니자와의 마음속에서는 아무런 성과없이 끝난 문중회의가 아직도 계속되고 있는 것 같다.

"누나가 조금만 더 제대로 됐더라면 나한테까지 차례가 돌아오는 일 따윈 없었을 텐데."

일부러 한숨을 쉬어 보이더니 동생은 신발을 신고 현관을 나가려고 한다.

"야, 야, 어디 가는 거야? 나가려면 문단속을 하고 가야지."

"다니자와에 대해 진지하게 대책을 세워봐야겠어. 나, 오늘 밤에는 안 들어올 거야."

그대로 도망치는 동생 때문에 나는 발을 동동 굴렀다. 동생이 먼저 집을 나갔으니, 온 집의 문단속을 하지 않으면 밖으로 나갈 수가 없다. 아르바이트는 지각이다.

만화를 출간하는 큰 출판사는 몇 개 없다. 그 대표 격이라고 할 수 있는 두 회사의 필기시험을 치르고 결과를 기다리는 한 주일 남짓한 동안, 나는 어울리지 않게 대학 도서관으로 출근하고 있었다. 취업 활동이 출판계에 국한되어 있으니 결과를 기다리는 동안은 할 일도 없고 한가해서다.

졸업논문 자료 찾기라는 미명하에 아침부터 도서관의

어두운 서고에 틀어박혀 『도에이임협열전』을 보았다. 이것은 헌책방에서 8만 엔에 팔리는 것을 본 적이 있는 무척 호화로운 책이다. 새빨간 표지에 금박으로 제목이 적힌 엄청나게 큰 책이다. 임협任俠 영화의 인기 시리즈를 명장면 사진과 함께 소개해놓고, 권말에는 '참수斬首 순서'까지 설명해놓았다. 영화를 떠올리며 임협 스타의 용맹한 모습을 찬찬히 감상했다. 그러고 보니 선배 중에 졸업 기념으로 학교 컴퓨터실에 있던 프린터를 가져간 용사가 있었는데, 이 『임협열전』을 내 졸업 기념으로 만들 수는 없을까? 너무 커서 가방에 넣기는 무리니까 가슴에 품고 도난 방지용 철책을 넘어야 한다. 그리고 쫓아오는 도서관 직원을 『임협열전』으로 쳐서 뿌리치고 달아나야 한다. 이렇게 무거운 책으로 맞으면 목뼈 따위는 말라빠진 나뭇가지처럼 부러질 것이다. 그러나 나는 태어나서 한 번도 100미터를 23초 이내에 뛴 적이 없다. 도서관 직원이 그리 힘이 세보이진 않지만, 발은 나보다 빠를 것이다. 여러 사람이 쫓아오면, 『임협열전』의 맹위를 뚫고 나를 붙잡는 사람도 한 명쯤은 나올 터. 역시 졸업 기념품을 학교에서 받기에는 배짱도 체력도 부족하다. 그만 포기하고 책꽂이에 책을 도로 꽂았다. 독서와 나쁜 공상에 열중한 나머지 점심을 먹지 못했다는 사실을 깨닫고 서고에서 나와 지상으로 올라갔다.

사람도 얼마 없는 한적한 오후의 도서관을 둘러보는데, 니키가 눈에 띄었다. 사람과 민달팽이가 얽혀 있는 듯한 묘한 오브제가 내려다보이는 창가 자리에 혼자 앉아 있다. 거기 말고도 자리는 많이 비어 있는데 굳이 그 자리를 선택한 그의 사고 회로는 대체 어떻게 생겼을까. 슬며시 등 뒤로 다가가 들여다보니 몹시 어려워 보이는 책을 펴놓고 있다. 아마도 철학책 같은데, 무슨 이유에선지 손으로 그린 서툰 오리 그림이 실려 있다. 니키는 "쿡쿡." 하고 웃음을 터트리더니, 그 오리를 옆에 준비해둔 노트에 베끼기 시작했다. 그리고 그 책의 오리 못잖게 서툴게 그린 오리 옆에 거침없이 메모를 하고 있다.

"니키."

철학책을 읽고 웃음을 터트리는 사람이 있다는 사실을 믿을 수 없었다. 나는 조심스럽게 말을 걸었다. 니키는 목만 뒤로 젖혀 등 뒤에 선 나를 확인했다.

"가나코구나. 앉아."

어쩔 수 없이 오브제를 등지고 니키의 맞은편 자리에

앉았다.

"지금 그 책 읽고 웃은 거야? 오리 그림이 귀여워서 웃은 거야?"

"그림? 그림은 별로. 여기가 우스웠어."

니키는 웃음이 가시지 않은 목소리로 내게 한 부분을 가리켜 보였다. 책을 받아들고 오리 그림 아래 문장을 읽으려고 했지만, 무슨 말인지 도무지 알 수가 없다.

"이거 일본어지?"

니키의 기대에 부응하지 못한 반응이었는지, 그는 노트를 통째로 건네주었다. 나는 독서중인 니키에게 방해가 되지 않도록 노트에 한가득 오리 그림을 그리며 놀았다.

"니키, 벌써 점심 먹었어?"

"응."

니키는 다시 책의 세계에 몰두하기 시작했다. 손이 펜과 노트를 찾고 있는 것 같아서 얼른 그에게 밀어주었다.

"아. 고마워."

니키는 노트를 다시 자기 앞으로 당겼다.

"그럼, 나중에 보자. 나 점심 먹고 올게." 하며 일어서는 내게 니키가 불쑥 말했다.

"나, 대학원에 갈지도 몰라."

니키라면 당연한 선택이라고 믿을 수 있다.

"그러니……?"

"다음 얘기는 오후 수업 때 할게."

나 혼자 쓸쓸하게 미트 소스 스파게티를 먹었다.

수업을 들으러 교실까지 가자, 무슨 일인지 과 친구들이 복도에서 술렁거리고 있다. 아직 선생님이 강의실을 열지 않았나 하고 가까이 가보니, 모두 잔뜩 흥분한 모습이다.

"왜 그래?"

친구에게 묻는 것과 동시에 강의실 안을 보았다. 세상에, 영상 자료를 보기 위해 설치해둔 텔레비전과 비디오가 보이지 않았다.

"밤새 도둑맞았대. 나중에 경찰이 와서 조사한다고 안에 못 들어가게 하나 봐."

"졸업 기념품인가?"

내가 훔친 건 아니지만, 마침 그런 생각을 했던 참이어서 괜히 찔렸다. 그러나 여기서 쭈뼛거리다 범인으로 의심받으면 큰일이다. 필요 이상으로 당당하게 복도 벽에 기대 있는데, 마쓰시마 선생님이 달려왔다.

"사무실에 물어봤는데, 오늘은 아무래도 이 강의실을 사용하기가 힘들 것 같습니다. 다른 강의실도 이미 다 찼고요. 다음에 보강을 하도록 하겠어요."

30대 중반쯤 되는 선생님은 평소처럼 정중한 태도다. 돌아가기 시작한 학생들의 흐름을 거슬러 니키가 내게로 다가왔다.

"뭐야, 오늘 휴강이야?"

"응, 텔레비전을 도둑맞아서 현장 유지를 위해 강의실을 사용할 수 없대."

우리를 발견하고 선생님이 미안한 듯이 다가왔다.

"미안해요. 취업 활동 중인 여러분들에게는 귀중한 수업 시간일 텐데."

"선생님 탓이 아니잖아요. 게다가 저희는 취업 활동도 별로 하지 않고 있는걸요."

텔레비전이 있던 자리가 허전하게 비어 있는 교실을 들여다보던 니키도 동의를 표시했다. 선생님은 조금 안심한 듯하다가, 이내 별로 활동하지 않는 것도 문제라는 걸 깨달은 눈치다.

"두 사람은 어떤 곳을 돌고 있어요?"

"출판사요. 요전에 필기시험을 치고 지금 그 결과를

기다리는 중입니다."

"책을 좋아하는 여러분에게 잘 어울릴 것 같습니다만, 하필 내가 아는 곳은 작은 출판사뿐인데다, 담당자들이 아직 말단들이어서요."

또 선생님이 미안해해서 우리 쪽이 더 민망했다. 그러자 니키가, "저는 어쩌면 대학원에 진학할지도 모르겠습니다." 하고 진지한 눈길로 말했다. 아직 선생님에게도 얘기하지 않은 모양이다. 선생님은 깜짝 놀란 것 같았다.

"니키 군 같은 우수한 학생이 와주면 나도 기쁘겠지만."

니키가 어울리지 않게 긴장한 모습으로 선생님 말에 주의를 기울이고 있다. 살짝 니키를 엿본다. 하지만 평소와 다름없이 표정에서는 아무것도 읽을 수가 없다.

"나처럼 대학 안의 세계밖에 모르는 사람이 되는 건 그다지 좋지 않을 거예요. 아직 대학원 시험까지는 시간이 있고, 희망하는 회사에 들어가게 될지도 모르니 찬찬히 생각해보는 게 어떨까요?"

"그렇군요."

대답하는 니키에게서 일단 시선을 떨구었던 선생님은

다시 우리를 보았다.

"그럼 이만. 오늘 수업 보강에 대해서는 나중에 게시판으로 알리도록 하겠습니다."

선생님은 가볍게 인사를 하고 갔다.

니키와 '아마자라시'에서 무료로 비치되어 있는 멀건 차를 마시고 있을 때 스나코가 등장했다.

"뭐야, 강의실에 갔더니 경찰들만 잔뜩 있던데? 무슨 사건?"

나는 대학원 진학에 대해 듣고 싶어서 무슨 말부터 꺼내야 할지 궁리하고 있는데, 스나코는 그 노력을 간단히 중단시켜버렸다. 니키가 먼저 설명할 리 없으니 내가 사건의 전말을 스나코에게 말해줄 수밖에 없었다.

"어머, 도둑이구나."

누구야, 그 괘씸한 놈은, 하고 말하면서 스나코의 눈은 이미 '초콜릿 파르페 시작했습니다' 표시에 못박혀 있다.

"저거 먹으면 살찔까? 살찔까?"

스나코라면 앞으로 5킬로그램 정도 더 쪄도 전혀 상관없을 것이다.

“그냥 먹어.”

“괜찮아, 괜찮아.”

니키도 이럴 때만큼은 즉시 스나코의 바람대로 대답을 해준다. 스나코는 우리의 후원을 받아 기꺼이 학교 식당 안으로 쳐들어갔다.

“니키. 대학원 진학, 벌써 결정한 건 아니지?”

둘만 남자 단도직입적으로 물었다.

“이렇게 태평스레 취업 활동하는 건 우리뿐인데, 이제 니키까지 그만두면 너무 불안해.”

“그렇군. 기껏 K담사 시험도 쳤고, 아직 그 외에도 서류를 낸 곳이 몇 군데 있으니 좀더 계속해볼까? 그렇지만 대학원에는 가고 싶어. 장학금 같은 것도 알아봤고, 부모님도 조금은 대준다고 했는데, 취직을 해서 돈을 모은 후에 가는 것도 괜찮지 않을까 싶기도 해.”

만면에 웃음을 담은 스나코가 플라스틱 용기에 담긴 파르페를 들고 돌아왔다.

“어, 뭐야아? 니키, 대학원 가니?”

“응, 그럴지도 모르겠어.”

니키는 스나코 자리 앞에 있던 전단지를 치워주면서 대답하고 우리 쪽을 바라보았다.

"어떻게 생각해? 아까 마쓰시마 선생님의 태도?"

"어떻다니?"

내가 되물었다. 스나코는 자신이 그대로 녹아 아이스가 되어버리는 게 아닐까 싶을 정도로 즐겁게 스푼을 입에 나르고 있다.

"내가 대학원에 가는 걸 달가워하지 않는 거 같아?"

"설마."

깜짝 놀라 니키를 보았다.

"오히려 반기는 것 같던데. '니키 군처럼 우수한 학생' 이라고 했잖아."

"그런가……그렇다면 괜찮지만."

평소에는 자신만만하고 빈정거림의 대가인 니키가 이렇게 약하고 겸손한 모습을 보이니 영 어울리지 않는다. 스나코도 이상하다는 듯이 니키를 보았다.

"니키, 마쓰시마 선생님 수업만큼은 꼬박꼬박 듣고, 성적도 좋고, 인상 나쁠 리 없어. 괜찮아."

"응, 그러게."

밝게 보증하는 스나코 앞에서 니키는 고개를 숙이고 가방에서 책을 꺼냈다. 그 모습을 보면서 나는 "혹시?" 하는 의심이 들었지만, 입 밖에 내지는 않았다.

“선생님은 독신인가 봐. 저렇게 멋있고 젊은 사람이 벌써 조교수라니.”

스나코는 파르페를 먹으면서 이야기를 계속했다. 스나코의 정보 수집력이 감탄스럽다.

그날, 집에 돌아오자 K담사와 집A사에서 속달이 와 있었다. 순간 맥박이 빨라지고 호흡이 가빠오는 것을 느끼면서 봉투를 뜯었다. 운 좋게 양쪽 다 필기시험은 합격이었다. 다음 주 월요일, 같은 날에 1차 면접이다. 지정된 시간을 확인하고, 이거 정말 바쁜 하루가 될 것 같네 하고 생각했다. 우선 이것으로 만화에 빠져 지내는 일상에 한 걸음 다가서게 되었다. 들뜬 기분으로 속달을 손에 쥐고 복도를 걸어가다가 새엄마와 마주쳤다. 새엄마는 물어도 좋을지 어떨지 망설이는 표정으로 내 손을 본다.

“시험 붙었어요. 다음에는 면접이에요.”

“어머나!”

몹시 의외라는 듯 놀라더니, 곧 그 일을 수습하려는 것처럼 헛기침을 하며 묻는다.

“잘 됐네. 면접은 몇 번 한대?”

"세 번인가 네 번인 것 같아요."

"그렇게……."

이건 안 되겠군, 하고 생각했겠지만 새엄마는 일단 격려해주었다.

"가나코, 요즘 이불만 덮고 자는 것 같은데, 담요도 꺼내놓으렴. 면접 전에 배탈이라도 나면 곤란하잖니."

고맙다는 인사를 하고 동생 방으로 갔다. 집 안에서도 구석진 곳에 위치한 동생의 방문은 꼭 닫혀 있었다. 그러나 귀를 기울여보니 전자음 같은 게 들린다. 이것을 동생은 음악이라고 주장하지만, 나는 그걸 들으면 어쩐지 안정이 되지 않는다. 드물게 저녁 식사 전에 집에 있군, 생각하며 문을 똑똑 두드렸다.

"네."

"다비토, 나 시험에 붙었어."

말하면서 문을 벌컥 열었더니, 동생은 컴퓨터로 뭔가 작업을 하고 있었다.

"오, 잘됐네. 누나는 옛날부터 시험 운만큼은 강했잖아."

"실력입니다요."

"악운이랄까, 발버둥이랄까, 그런 거지."

동생은 더는 나를 상대하지 않고 컴퓨터 전원을 껐다.

"자, 밥 먹자."

많이 돌아다녀야 하는 날이다. 그런데 아침부터 쌀쌀한데다 비까지 내리기 시작했다. 정장 차림에 걷기 불편한 굽 높은 구두를 신고 한숨을 내쉰다. 놀랍게도 토해낸 입김이 하얗다. 지하철 계단을 다 올라간 곳에 붙어 있는 K담사는 파르테논 신전처럼 디자인된 오래된 건물이다. 양쪽으로 열리는 육중한 목제 문 입구까지 대리석 계단이 나 있다. K담사의 아저씨가 일부러 거기에 서서,

"계단이 비에 젖어 미끄러우니 조심하세요."

하고 오는 학생들마다 주의를 주고 있다. 확실히 그 대리석 계단은 무서울 정도로 미끄러웠다. 이런 재질로 현관에 이르는 계단을 만들다니, 대체 무슨 생각으로 그랬을까. 평소에 땅만 보면서 걷는 나는 물에 젖어 미끄러워진 돌의 의미에 대해 이런저런 추측을 했다.

1. 경영자의 착취에 화가 난 사원이 분기탱천하여 몰려오는 것을 저지하기 위해 미끄러운 재질을 사용했다.

2. 특종을 손에 넣었다고 달려드는 젊은 사원에게 여기서 구르게 하여 정말 특종인지 아닌지 한 번 더 냉정하

게 판단할 시간을 주기 위해 미끄러운 계단을 준비했다.

3. 돈을 많이 벌었기 때문에 국회의사당과 같은 대리석으로 만들어보았다.

다양한 각도에서 검토한 결과, 1, 2라면 갠 날에는 제 역할을 다하지 못하니, 아마 3일 거야 하는 결론을 내렸다. 나 혼자 내린 결론에 만족해하며 현관에서 우산 봉지를 받아, 드디어 태어나서 처음으로 출판사라는 곳으로 들어갔다.

오, 이곳에서 내가 지금까지 읽어온 만화며 잡지며 소설이 태어났군. 건물이 낡은 탓인지 어두컴컴하다. 좀처럼 눈이 익숙해지지 않아 주위를 휘 둘러본다. 아직 시간이 있으니 일단 안을 한번 탐험하는 게 좋지 않을까 생각하고 있었다.

"엘리베이터는 이쪽입니다." 젊은 사원이 안내해주었다. 자세히 보니, '면접장 외에는 들어가지 마시오' 하는 팻말이 서 있었다.

엘리베이터 안의 층계 표시에는 〈MeMe〉 편집부니, 〈주간 피카소〉니, 익숙한 만화 잡지 이름이 적혀 있다. 함께 엘리베이터를 탄 여학생이 우연히 만난 친구 같은 아이와 속삭였다.

"앗, 이 잡지, 어릴 때부터 읽었는데."

"나도. 왠지 반갑네."

나도 같은 기분이었다. 도중에 내리고 타고 할 때마다 K담사 직원이 바쁘게 서서 일하는 모습이 엿보였다. 문득 아까 여학생을 보니, 선망과 동경이 섞인 눈길로 그 모습을 보고 있다. 나도 그런 모습으로 비칠까 생각하니 웃음이 났다. 아무리 낮은 확률이라 해도 꼭 붙었으면 좋겠다. 혹시 붙지 않을까 하는 덧없는 기대를 해본다. 무리일 게 뻔하잖아, 하고 냉정하게 판단하는, 차갑게 식은 젤라틴 같은 부분의 뇌가 두부처럼 어수룩한 부분의 뇌를 비웃고 있다.

제법 높은 층에 있는 넓은 공간에 학생들이 모였다. 초등학교 체육관 같은 장소다. 바닥은 마루로 되어 있고, 정면에는 무대처럼 단이 있다. 무대 위의 벽에는 회사 로고가 박혀 있다. 체육관이라면 주위에 창이 있겠지만, 이 강당에는 창이라는 것이 없고 대신 빙 둘러싼 초상화가 우리를 내려다보고 있었다. 줄지어 있는 파이프 의자에 앉아 면접이 시작되기를 기다리는 동안, 나는 고개를 비틀어 모든 초상화를 꼼꼼히 올려다보았다. 뭔가 이상한 기분이 들었다. 아마도 역대 사장들의 초상화 같은데, 대체 누가 그린 것인지 하나같이 빈말로라도 잘 그렸다고 할 수 없을 만큼 색조도 탁하고 어둡다. 그저 비호감으로 음침할 따름이다. 초등학교 음악실에 걸려 있는 작곡가들의 초상화와 도서관에 장식된 모나리자의 복제품처럼, 괴담거리로밖에 이용가치가 없을 듯한 촌스러운 센스와 완성도라고나 할까. '(국회의사당+초등학교)÷2'를 인테리어의 기준으로 삼은 것 아닐까.

이 강당에는 200명 정도가 모여 있다. 이렇게 하루에 4, 5회 되풀이하는 1차 면접을 이틀 동안이나 한다. 간신히 필기에 붙었어도 징그러울 만큼 많은 인원이 남아 있는 것이다.

시간이 되자 거의 모든 파이프 의자가 학생들로 메워졌다. 인사 담당자로 보이는 중년 사원이 앞으로 나와 간단히 인사를 했다.

"필기시험에 합격하신 여러분은 잡학왕이라고 자부해도 좋습니다."

켁! 하나도 기쁘지 않다. 학생들 사이에서 실소가 새나왔다. 그 시험은 정말로 퀴즈왕 같은 사람을 찾는 것이었던가. 무슨 생각을 하는 걸까. 대리석 계단과 어설픈 초상화 장식에 이어 세 번째다. 이 건물에 도착한 후부터 감각을 의심하는 사건이 벌써 세 가지나 일어났다. 혹시 너무나도 나와 성격이 안 맞는 게 아닐까 하는 생각이 스쳤지만, 그럴 리 없다며 그런 의혹을 뭉개버렸다.

강당 벽을 따라 간단한 칸막이로 구분된 여덟 칸의 공간이 죽 늘어서 있다. 인사 담당 아저씨가 면접 순서를 설명하는 동안, 면접관으로 보이는 편집자들이 할당된 부스로 차례차례 들어갔다. 텔레비전에 자주 나오는 유명한 편집자들을 보고 학생들이 소곤소곤 귓속말을 나눈다. 아직 1차 면접이어서 면접관은 젊은 사원들이었다. 나는 면접관들 중에 여자가 압도적으로 적다는 사실을 놓치지 않았다. 30명 남짓한 사람들이 내 눈앞을 지나 각각의 부스로 들어갔지만, 여자는 한두 사람밖에 보이지 않았다. 출판사는 일단 들어가면 여자라도 계속 일할 수 있다. 얼른 남자 사원과 결혼해 해외 부임에 따라가라, 하는 풍조가 널리 퍼져 있는 종합 상사와는 다르다. 결혼하지 않아도 근무하기 힘들어지지 않을 것이고, 일은 힘들겠지만 대우 격차도 없을 것이다. 평생 일을 하고 싶다, 결혼해도 경제적으로 자립하고 싶다고 생각하는 여자들에게는 동경의 직장이다. 그래서 지망하는 학생의 남녀비는 대충 보아도 반반이다. 하지만 채용되는 인원은 남녀 비율에 상당한 차이가 난다. 현재 사원 중에서 여자가 적다는 것을 눈앞에서 보니, 역시 정말로 남녀가 대등하게 일한다는 것은 어느 직장에서나 어려울지 모른다는 사실을 실감했다.

학생들이 차례차례 호명되었고 각각의 부스에 한 사람씩 들어간다. 끝나면 그대로 돌아가도 되는 것 같다. 한 사람당 15분 정도? 순서가 끝 쪽인 사람들은 지루해서 좀이 쑤시겠구나 생각했지만, 내 이름은 비교적 빨리 호출되었다. 야, 다행이네 하고 지시된 부스 앞까지 가자, 칸막이 너머에서 면접관끼리 뭔가 즐겁게 얘기하는 소리가 들렸다. 말을 걸어도 좋을지 망설이고 있으니, 인사 담당 아저씨가 시작하라고 신호를 한다. 할 수 없이 멍청한 짓 같다고 생각하면서도 칸막이를 노크하고 "실례합니다." 하며 얼굴을 들이밀었다.

"에이, 벌써 와버렸네."

한 사람이 히죽거리면서 말했다. 예민한 나는 그것만으로도 상당히 충격을 받았다. 미안한 짓을 했네, 나는 옛날부터 타이밍을 못 맞추는 아이였어, 하고 마음속으로 변명하면서 권하는 의자에 앉았다. 그렇잖아도 어두컴컴한데 칸막이로 가려놓아 진짜 작은 점집 같은 분위기다. 좁은 공간에 세 명의 남자가 다닥다닥 앉아 있었다. 게다가 그중 한 사람은 아주 뚱뚱해서 자리가 더 비좁아 보인다. 그들 앞에는 긴 책상이 있고, 그 위에 내가 제출한 지원서와 시험 결과 등이 놓여 있다. 뚱뚱한 남자는 진지한 표정이고, 아까 생각없는 발언으로 내 작은 가슴에 상처를 입힌 한가운데의 남자는 여전히 히죽거리는 표정으로, 각자 앞에 놓인 자료와 나를 비교하고 있다. 오른쪽에 있는 마지막 남자는 전혀 흥미가 없는 듯, 자료도 나도 보지 않고 담배 연기만 허공에 뱉고 있다. 이 남자는 내게만 이런 태도인지, 아니면 누구에게나 이런지 몹시 마음에 걸렸지만, 그렇게 타인의 반응을 신경쓰는 소심한 내 모습에, 패기와 자신감 없는 내 모습에 부끄러운 마음이 들었다.

침묵이 제법 길게 이어졌다. 할 수 없이 나는 오른쪽 남자가 토하는 담배연기를 멍하니 바라보고 있었다. 뚱뚱한 남자가 한가운데 남자를 보자, 히죽거리고 있던 남자가 먼저 입을 열었다.

"취미는 만화를 읽는 것, 매니큐어를 칠하는 것이라고 썼는데, 매니큐어는 매일 칠하나?"

전혀 채용할 마음이 없는 질문이다. 하지만 직장을 구

하는 처지이니 성의를 갖고 대답하자고 마음 먹었다.

"아뇨, 자주 바르면 손톱도 상하고, 한 번만 발라도 벗겨지지 않고 꽤 오래 가기 때문에 일주일에 한두 번 정도 바릅니다."

"만화는 뭘 읽지? 스즈다 미유키 같은 거 읽나?"

그가 말한 만화가는 K담사에서 나오는 소녀 대상의 만화 중에서는 간판이라고 할 수 있는 인물이다. 그러나 최근 그녀의 인기는 점점 바닥으로 떨어지고 있다. 80년대의 거품 같은 분위기를 좋아하지 않는 나는 그다지 흥미가 없다.

"유감스럽지만, 스즈다 미유키 씨는 별로 좋아하지 않습니다. 귀사의 순정 만화가 중에는 아와다구치 미모리 씨를 좋아합니다."

옛날 순정 만화를 패러디하면서 건강한 학원 연애 코미디를 그리는, 잘 나가는 젊은 작가의 이름을 거론했다. 그리고 그 순간에 면접관의 질문에 부정적인 대답을 해서는 안 된다고, 서점에서 읽었던 취업 안내서에 나와 있던 조언을 떠올렸다. 그러나 이미 늦었다. 게다가 스즈다 미유키를 좋아한다고 거짓말을 하기에는, 만화를 좋아하는 사람으로서 프라이드가 있지 않을까? 히죽거리던 남자가 아무 코멘트도 하지 않아 이야기는 거기서 끝나버렸다. 이 남자는 만화에 대해 잘 모르는 것 같다. 뚱뚱한 남자가 수습하듯이 물었다.

"다른 출판사 사람이어도 좋습니다. 제일 좋아하는 만화가는 누구인가요?"

이렇게 되니 면접관뿐만 아니라, 나 역시 상대를 시험해보고 싶은 기분이 들었다.

"구로가와 사의 후지키 다카미입니다."

크게 히트를 친 작품도 없고 간판이 될 만한 장편을 쓴 것도 아니지만, 실력 있는 만화가 이름을 거론했다. 히죽거리던 남자가 "모르는 사람이네." 하는 것과 동시에 뚱뚱한 남자가 "아아!" 하고 고개를 끄덕였다. 뚱뚱한 남자는 좀 민망한 듯이 옆에 앉은 남자를 쳐다보다가 이내 내게로 시선을 돌렸다.

"그 사람의 작품은 어떤 점이 좋나요?"

"밝은 학원물에서 어두운 시대물까지 폭넓게 그리며, 인간의 심리를 잘 표현하는 점입니다. 만화가 장편화되고 있습니다만, 독자에게 단행본뿐만이 아니라 잡지도 사게 하기 위해서는 그분처럼 단편이나 중편을 잘 그리는 만화가를 자꾸자꾸 키워서 발표할 지면을 주는 게 중요하다고 생각합니다."

"그건 어째서죠?"

"간판이 될 만한 장편 작품은 대충 서점에서 서서 읽고 코믹스가 나올 때까지 기다리는 경우가 많습니다. 그러나 서서 읽을 때 눈에 들어오는 단편이 있으면, 코믹스가 될 때까지 기다리기 어렵죠. 게다가 눈독들인 장편이 연재되고 있다면 잡지를 사서 읽어보려는 마음이 들지 않을 수 없겠죠."

그럴 듯하군요, 하고 뚱뚱한 남자는 고개를 끄덕이며 앞에 있는 종이에 뭔가를 적어 넣었다. 내가 채용되지 않고 아이디어만 빼앗긴다면 화가 나겠는걸 하고 생각하는데, 다시 히죽거리는 남자가 질문을했다.

"학생 말이지, 운동 같은 거 해? 출판사는 체력이거든."

"운동은 별로 하지 않습니다."

나는 운동을 심하게 못한다. 그러나 또 부정적인 말을 했다 싶어 아차하다가, 보충할 말을 생각해냈다.

"그렇지만 일상생활을 제대로 할 수 있을 만큼 건강하고, 감기도 좀처럼 걸리지 않습니다."

히죽거리던 남자가 코웃음을 쳤다.

"여자들 상대로 괜한 말을 했다간, 요즘은 성희롱이

니 하면서 시끄러우니 말을 맘대로 못하겠네."

그는 지루한 듯이 턱을 괴고 있던 제3의 남자에게 말을 걸었다. 갑자기 담뱃불을 끈 남자는 그때 처음으로 나를 잠깐 보더니 흐음 하고 어깨를 으쓱했다. 이쯤 되니 머리 혈관으로 온몸의 피가 몰렸다. 이 사람들은 대체 무슨 심산일까? 그런 말 자체가 성희롱이나 성차별적인 의식을 드러내버린 거라고 생각하지만, 그것을 부끄럽다고 느끼지도 않는 걸까. 이런 일에 흠을 잡으면, '까다로운 여자' 라고 경원시할지도 모르지만, 이렇게 노골적으로 무례한 응대를 당한 것은 처음이어서 분노보다 당혹스러움이 더 컸다.

대학 친구도, 사이온지 씨나 지배인을 비롯한 연상의 남자들도, 그리고 아버지나 동생도, 내가 '여자니까' 하는 이유로 뭔가를 명령하거나 금지하는 일은 일절 하지 않았다. 나도, 내 주위에 있는 여자아이들도 지금까지 공부에서든 놀이에서든 성차별 따위는 특별히 의식하지 않고 지내왔다. 히죽남 같은 타입은 정말이지 처음이었다. 반응을 시험하려 해도 품성이 너무 천박했다. 나는 무표정한 얼굴로 못 들은 척 잠자코 있었다.

뚱뚱한 남자가 엉덩이를 들썩거리더니 손수건을 꺼내

이마의 땀을 닦았다. 왠지 지쳐 보였다. 좀 불쌍하기도 하고, 이렇게 잘난 척하는 남자들에게 화를 내는 것도 한심하다고 생각해 조용히 다음 질문을 기다렸다.

"책은 어떤 걸 읽고 있죠?"

뚱뚱한 남자는 출판사다운 질문을 하려고 애를 썼다. 어쩔 수 없네, 이 녀석은, 하는 눈으로 히죽남이 그를 보았다. 그러더니 이번에는 자기가 담배를 꺼내 피우기 시작했다. 이놈아, 대충 좀 해둬, 하고 나도 내 가방에 들어 있는 담배를 꺼내 불을 붙여서 놈의 이마에 비벼 끄고 싶은 유혹에 시달렸다. 하지만 땀을 흘리면서 필사적으로 면접 모양새를 갖추려고 노력하는 사람이 있다. 그가 있는 한 나도 그 노력에 성의껏 보답해야 한다는 마음을 포기할 수 없다.

"예, 일본 소설이 많습니다. 최근에는 나카다 바라히코를 읽고 있습니다."

"안 팔리는데."

탐정 소설계에 그 이름을 남기고, 고독하고 진지하게 자신의 미적 세계를 표출하려고 몸부림쳐온 위대한 소설가를, 옆에서 끼어든 히죽남이 한 마디로 정리했다. 판에 박은 속물같은 모습이다. 이 사람은 면접 볼 때 그런 캐릭터를 연기하도록 역할을 맡은 건가 하는 생각이 들 정도다. 팔리고 안 팔리고만으로 모든 것을 논하면서, 출판사에서 잘도 버티고 있네.

"귀사에서 딱 한 권 문고본이 나와 있습니다만."

"하하하. 아직 남아 있군. 곧 절판될걸. 읽은 적은 없지만."

지금까지 경험한 적 없는 무지막지한 경멸감을 느꼈다. 뚱뚱한 남자는 여전히 땀을 흘리고 있다. 그의 앞에 놓인 커피가 들어 있었던 것 같은 작은 컵은 이미 빈 지 오래다. 빨리 끝내주지 않나 하는 생각만 하고 있는데, 히죽남은 아직 질문을 한다. 그만 됐다. 네가 나를 싫어하는 건 알고 있으니, 더 이상 서로에게 불쾌함을 주는 건 관두자. 이런 간절한 바람도 무색하게 그는 또 쓸데없는 질문을 던졌다.

"다이애나 비에 대해 어떻게 생각하나?"

"네?"

다이애나 비가 세상을 떠난 것은 꽤 오래 전 일인 것 같은데, 순간 질문의 의미를 파악하지 못해 되물었다.

"아니, 그러니까 말이지. 위문 같은 것도 할 줄 아는 선의의 사람이라고 생각하나? 아니면 바람을 피운 나쁜 여자라고 생각하나?"

뭐냐, 뭐냐. 이 면접은 대체 무슨 의미가 있는 것이냐.

"위문은 왕족으로서의 의무겠죠. 남에게 보이기 위한 연기도 물론 있었겠지만, 연기라 해도 계속한다는 건 대단한 일이고, 하다 보니 정말로 진지해졌을 수도 있겠죠. 그러니 밖에서 보고 단순히 선의니 위선이니 판단할 수는 없다고 생각합니다."

정면으로 히죽남을 노려보며 또박또박 대답하자, 놈은 약간 당황했다.

"그렇지만 말이야, 남편도 자식도 있는데 바람을 피웠잖아, 결국. 그런 건 어떻게 생각하지?"

나쁜 여자라고 생각한다고 대답하면, 의외로 고리타분하다고 할 것이고, 자신에게 솔직해서 좋다고 생각한다고 대답하면, 그런가, 남자에게 지지 않겠다, 여자도 바람을 피울 수 있다, 하는 여성운동가라고 놀릴 것이다. 나는 토크 프로의 패널이 되고 싶어서 여기 앉아 있는 게 아니다.

"그런 건 개인의 자유라고 생각합니다만."

히죽남은 하하하 하고 부자연스럽게 웃었다.

"그렇게 말하면 얘기는 끝이네."

그는 이렇게 말하고 담배남에게 동의를 구했다. 그러나 마지막까지 입을 열지 않고 잘난 척 앉아 있던 기분 나쁜 담배남은 여전히 사람을 무시하는 듯한 옅은 미소만 지었다. 그 순간만큼 격투기를 배워두었더라면 좋았을 걸 하는 생각이 간절한 적은 한 번도 없었다. 나는 편집자라는 자리에 있는 사람들에 대한 환상과 동경이 여지없이 무너져가는 걸 느꼈다. 이 눈곱만치의 성의도, 털끝만 한 지성의 향기도 없이 폼만 잡고 있는 이 인간은 대체 뭐란 말인가. 그렇게 면접일이 귀찮다면 나는 신입사원 뽑는 데는 관심이 없습니다요, 하고 딱 부러지게 물러나는 게 어때. 이건 그냥 월급 도둑놈이 아닌가. 상대가 함부로 굴 수 없는 입장이란 걸 알고, 이렇게 사람을 업신여기는 행동을 하다니! 그리고 이런 인간이 실제로 존재하다니!

"아, 그만 됐어요."

손으로 쫓아내듯 퇴장을 명령하는 바람에 나는 의자에서 벌떡 일어났다. 제대로 머리 숙여 정중하게 인사를 했다. 히죽남과 담배남은 이미 큰 소리로 떠들기 시작했다. 뚱뚱남만이 가볍게 인사를 하며 나를 바라봐주었다.

엄청나게 화가 난 나는, 아직 차례를 기다리고 있는

사람들이 반쯤 남아 있는 사이를 뚫고 엘리베이터로 향했다. 죽 늘어선 부스 안에서 진지한 얘기소리와 웃음소리가 들렸다. 긴장한 얼굴로 자신의 차례를 기다리는 사람들을 보고, 이렇게 많은 사람이 진심으로 이 회사에 들어와 좋은 책을 내고 싶어한다는 사실을 그 사람들은 제대로 받아들이고 있는 걸까 생각하다가 몹시 슬퍼졌다. 학생들에게 화장실 위치를 가르쳐주거나 면접관에게 음료수를 가져다주며 회장 전체를 관리하고 있던 인사 담당 아저씨가 웃는 얼굴로 말을 걸어왔다.

"어땠습니까? 잘하셨습니까?"

엘리베이터를 기다리고 있는 것은 마침 나 한 사람뿐이었다.

"아뇨. 두 번 다시 여기는 올 수 없을 테고, 오지도 않을 거라고 생각합니다."

열린 엘리베이터 안으로 미끄러지듯 들어가며, 나는 열심히 일하고 있는 아저씨에게 머리를 숙였다. 닫히는 문틈으로 말을 잃고 우뚝 서 있는 아저씨가 보였다. 저 사람에게 할 말이 아니었는데, 하는 후회와 새삼 끓어오르는 분노 때문에 입술을 깨물면서 줄곧 층계 표시를 노려보고 있었다.

엉망진창인 기분으로 지하철을 갈아타고 빗속을 걸어 다음 면접 장소인 집A사로 향했다. 생각보다 시간이 많이 걸려 점심을 먹을 틈도 없었다. 집A사 빌딩에 도착했을 때는 너무 배가 고픈 나머지 현기증이 났다. 또 위층까지 올라가야 한다. 작은 회의실 같은 방이 나란히 있는 층 같다. 순서가 되기까지 대기실로 꾸민 큰 방에서 기다렸다. 정장 차림의 많은 학생들이 불안한 듯이 기다리고 있다. 가끔 옆에 앉은 사람끼리 소곤거리며 얘기하는 소리 때문에 오히려 더 조용한 느낌이었다. 복도에서 이따금 안내를 하거나 진행을 담당하는 여사원들의 발소리가 들려온다. 문을 열고 차례가 된 사람의 이름을 부를 때마다 그 소리가 하도 크게 울려서 모두가 움찔했다.

K담사에 비하면 훨씬 새 건물로, 커다란 창이 있어 대기실이 빛으로 가득하다. 여사원을 거의 보지 못했던 K담사에 비하면 집A사는 화사하다. 그러나 그녀들도 어쩌면 편집일을 하고 싶었는데 사무직으로 돌려졌을지도 모르고, 애초부터 일반직으로 채용된 것인지도 모른다. 방심은 금물이야, 하고 의심을 품는다.

그때, 꼬르르르륵 하고 뱃속에서 벌레가 울었다. 조용한 대기실이라 모르는 척 시침을 떼지도 못하고, 빨개진 얼굴로 옆자리 여자에게 "실례했습니다." 사과하자, 그녀는 "아녜요." 하고 웃더니 말을 걸어왔다.

"혹시 K담사와 둘 다 뛰는 건가요?"

"맞아요."

"나도 그래요. 배고프죠?"

빙그레 웃으며 내 무안함을 덜어주려고 애쓰는 그녀에게, 나는 "고마워요." 하고 답례를 했다. K담사의 면접이 너무 심하지 않더냐고 물어볼까 생각하는데, 마침 내 이름이 불렸다.

"잘하세요."

"당신도요."

그녀에게 인사를 하고 대기실에서 나와, 여사원 뒤를 따라 어느 회의실 앞에 섰다. 눈으로 재촉하는 여사원을 뒤로 하고 "실례합니다." 인사를 하며 들어갔다. 큰 창을 등지고 가로 일렬로 다섯 명의 면접관이 앉아 있다가 그들 모두 자리에서 일어났다. 나는 이름을 말한 후 "잘 부탁드립니다." 하고 취업 안내서에서 읽은 대로 인사했다.

"앉으세요."

한 사람이 방 한가운데 놓인 의자를 손으로 가리켰다.

그리고 내가 앉는 걸 확인한 후 그들이 앉았다. 몇백 명이나 되는 학생들에게 각자의 방에서 일일이 이렇게 하다니, 회사마다 색깔이 정말 다르구나 하고 감탄했다. 처음에는 지원 동기며 입사하면 하고 싶은 일 등 형식적인 질문이 이어졌다. 면접관 중에는 점잖은 검은색 정장 차림의 여자 한 명이 있었다. 이 사람은 필기시험장에 있던 〈난나〉들과 달랐다. 혹시 〈인센티브〉 편집부에 있는 사람이 아닐까. 나도 모르게 그녀를 선망의 눈으로 바라보았다.

"그래요, 순정 만화를 좋아한다고요. 우리 회사 순정 만화 잡지 가운데서는 어떤 걸 좋아하나요?"

듬성듬성한 부드러운 머리칼이 등 뒤에서 들어오는 빛 속에 도드라져 보이는, 제일 끝에 앉은 아저씨가 물었다.

"〈하나다바〉입니다."

아저씨는 몸을 앞으로 내밀었고, 나란히 있던 다른 사람들은 "좋으시겠어요." 하면서 서로 웃었다. 뭐지? 생각하고 있는데,

"이야, 내가 바로 〈하나다바〉 편집장입니다."

아저씨가 기뻐했다. 그야말로 어디에나 있을 법한, 사

람 좋아 보이는 아저씨가 순정 만화 편집자라는 사실에 나는 좀 놀라긴 했지만, 그 이상으로 흥분했다. 어릴 때부터 애독해온 잡지의 편집장이라는, 구름 같은 사람과 지금 대화하고 있는 것이다.

"네에? 그러세요?"

"그래요. 이야, 〈하나다바〉는 우리 순정 만화 가운데 수수한 편이죠. 좀처럼 좋다고 말해주는 사람이 없는데. 기쁘네요."

편집장과 이야기하고 있는 동안에도 다른 사람들은 대화를 제대로 듣고 있었고, 내가 제출한 작문을 진지하게 읽어주기도 했다. 아아, 다행이다, 제대로 된 면접이네, 하고 안심이 되어 나는 편안하게 대답할 수 있었다.

"〈하나다바〉의 어떤 점이 좋은가요?"

완전히 기분이 좋아진 편집장과 그 팬만 대화하게 놔두면 면접의 기능을 다하지 못한다고 판단했는지, 한가운데 있던 중년 남자가 온화하게 물어왔다.

"고등학생의 연애를 그리고 있어도 어딘지 은은한 매력이 있고 긴장감이 넘칠 뿐만 아니라, 문학 작품처럼 차분히 읽히는 이야기가 많다는 점입니다. 어릴 때는 잘 이해를 못하면서도 그 서정성이 느껴져 어른이 된 기분이 들었고, 사춘기에는 새삼 다시 읽어보며 이런 것이었구나 감동하기도 했고, 지금은 또 조금 더 거리를 두고 감상할 수 있어서 좋습니다. 언제라도 다시 읽을 수 있는 작품이 많아서 좋아합니다."

편집장은 음, 음 하고 고개를 끄덕이며 물었다.

"최근의 〈하나다바〉는 어떻게 생각하나요? 솔직히 대답해도 좋아요."

잠시 망설였지만, 모처럼 직접 말할 수 있는 기회가 와 그가 주문한 대로 솔직한 감상을 얘기했다.

"판형이 커진 후 무리하게 내용을 밝고 대중적으로 변화시킨 것 같아서, 조금 부족한 듯한 감도 들었습니다. 전처럼 문학 냄새가 강한 것도 좀 실어주었으면 합니다. 한결같이 '다감한 소녀'를 테마로 한, 어떻게 보면 틀에 박힌 '순정 만화'를 싣고 계시는 것 같습니다."

"그래요. 최근 잘 팔리지 않아서 여러 가지 시행착오를 하고 있지만, 나도 옛날의 〈하나다바〉 색깔을 좋아해요. 되돌리고 싶다고 생각하지만, 이것이 팔고 싶은 것과 팔리는 것이 다른, 아주 어려운 문제죠."

편집장이 쓴웃음을 지었다.

"그러게요."

〈인센티브〉 스타일의 여자도 웃으며 동의한다.

"어떻게 하면 만화 잡지가 잘 팔릴 거라 생각해요? 다들 서점에 서서 다 읽어버리고는, 코믹스가 나올 때까지 기다리니까 말이죠."

이번에는 편집장과 반대쪽 끝에 앉아 있던 젊은 남자가 질문을 해왔다. 나는 K담사에서 대답한 것과 마찬가지로, 단편, 중편을 그릴 수 있는 작가를 키워야 한다고 대답했다. 흠흠, 하고 젊은 남자가 메모를 한다. 또 이 아이디어만 채용된다면 나는 완전 손해라고 생각했지만, 그 남자는 "또 다른 생각 없어요?" 하고 욕심을 낸다. 나는 조금 생각해보고, "코믹스 뒤의 남은 페이지를 광고 페이지로 쓰면 어떨까요?" 하고 말했다.

"그 코믹스 작자와 비슷한 계통의 그림이나 장르나 스토리 작가의 작품 소개를 싣는 겁니다. 특히 다른 잡지에서 작가를 찾는 거죠. 그렇게 하면 그 잡지까지는 읽지 않았던 아이도, '아, 이것도 재미있을 것 같네' 하고 흥미를 갖고 그쪽 잡지도 읽어줄지 모르죠. 어쩌면 시험삼아 잡지와 고믹스를 사줄지도 모르고요. 어쨌든 취향이라는 게 있으니 계통을 세워서 효과적으로 선전하고 인지시키는 것은 어떨까요?"

흠흠, 과연 그렇군요, 하고 그 남자는 열심히 메모를 한다. 만약 정말로 이 아이디어만 채택되어 코믹스 뒤의 광고 페이지가 충실해지면, 꼭 아이디어료를 받아내야겠다고 생각했다.

지금까지 묵묵히 있던 다른 아저씨가 처음으로 입을 열었다.

"오늘 K담사 1차 면접시험도 있다더군요. 쳤습니까?"

"네."

중복되는 사람이 얼마나 있는지 내년에 참고할 생각일 것이다. 아저씨는 표 같은 것에 체크를 했다. 한가운데 있는 아저씨가 그걸 들여다보고 체크 아저씨에게 이야기를 건넨다.

"역시 상당히 많군요. 이건 학생들도 힘들 테니 좀 생각해봐야 할 문제 같네요."

그리고 내게 고개를 돌리며 농담처럼 말했다.

"이번에 K담사는 새 빌딩을 짓는다더군요. 〈모히칸〉으로 돈을 많이 벌었거든요. 덕분에 우리 〈검프〉가 눌리고 있습니다만. K담사 쪽이 더 좋지 않을까요?"

면접관들은, 그래, 나도 K담사가 좋아, 하면서 서로 웃는다. 나도 웃었다.

"아닙니다. 저는 오래된 건물을 좋아해서 지금의 K담사 건물은 멋지다고 생각합니다만, 새 빌딩에는 별로 매력을 느끼지 않습니다."

게다가 그런 면접으로는 합격시켜주지도 않을 것이다. 이상한 초상화도 싫고.

"잘됐네요, 소박한 취향이군요, 후지사키 씨는."

〈하나다바〉 편집장은 웃으며 그렇게 말하더니, "어떻습니까, 질문하실 것 더 있습니까?" 하고 고개를 쭉 뽑으며 옆에 앉은 동료들에게 물었다. 그때 한가운데 앉은 아저씨가 말했다.

"그제였던가, 다니자와 씨에게서 전화가 왔습니다. 후지사키 씨가 시험을 친다는 것은 아버님도 알고 계시겠지요?"

순간 나는 무슨 말인지 몰라 그저 멍하니 앉아 있었다. 그가 확인사살하듯 한 마디 덧붙였다.

"가나코 양을 잘 부탁한다는 말이었습니다."

그제야 말의 의미가 뇌에 이르며 분노가 끓어올랐다. 분노에 숨쉬기가 괴로웠다.

"……다니자와 그 인간, 부탁도 하지 않았는데 쓸데없는 짓을!"

땅 밑에서부터 올라오는 원망의 신음처럼 쥐어짜듯 나온 소리에 아저씨가 몹시 당황했다. 나는 이내 정신을 차리고 말했다.

"말도 안 됩니다. 저는 부탁하지 않았습니다."

단호히 말할 생각이었는데, 절대로 원하지 않은 일이었던 탓에 너무 화가 난 나머지 울음 섞인 목소리가 되어버렸다.

"물론 귀사에 취직하고 싶습니다만, 연줄을 이용하기는 싫습니다. 제 힘으로 취직하고 싶습니다. 다니자와 씨가 무슨 말을 했는지 모르겠습니다만, 그 전화는 없었던 걸로 해주십시오. 부탁드립니다. 능력이 안 된다면 포기하겠습니다."

아저씨는 온화하게 끄덕였다.

"그런가요. 알겠습니다. 그렇다면 당신의 이야기는 위에 잘 전해둘 테니 안심하세요. 자, 오늘 수고했습니다."

인사를 하고 문을 닫을 때까지도, 그들은 선 채로 나를 지켜보고 있었다.

집A사 빌딩을 나오자, 반쯤 무의식적으로 공중전화에 카드를 밀어넣었다.

신호음이 가자마자 상대는 바로 전화를 받았다.

"예, 다니자와입니다."

"다니자와 씨……."

목이 말라서 목소리가 갈라지고 있다는 것을 깨달았다. 얼른 헛기침을 하고 다시 말했다.

"가나코인데요."

"무슨 일이십니까, 아가씨?"

"부탁도 하지 않았는데 대체 무슨 일을 저지른 거예요!"

"무슨 말씀인지?"

너무나도 조용한 목소리 톤에 그가 시침떼고 있다는 것을 알았다.

"설마, 설마 아버지가 부탁한 건 아니겠죠?"

나도 모르게 목소리가 떨리고 일그러져, 크게 숨을 들이마셨다가 내뱉었다. 다니자와는 잠시 침묵한 뒤에 말했다.

"제 생각입니다."

"아가씨를 위한 거라 생각해서죠. 어디까지나 제 짧은 생각이었습니다. 아버님은 모르십니다. 제 친구가 이사로 있어서."

"처음부터인가요? 서류심사며 필기시험 때부터?"

대답에 따라서는 내 작은 자존심까지 너덜너덜해진다.

"아뇨. 전화한 것은 그저께 한 번뿐이었습니다."

약간 안도하면서 한 가지 더 마음에 걸리는 것을 확인했다.

"전화한 건 어딘가요? 집A사말고 또 있어요?"

"집A사뿐입니다."

"정말로? 맹세해요?"

"정말입니다."

"말해두는데, 만약 이것으로 집A사에 붙어도 난 안 갈 거니까요. 연줄로 입사를 하다니 평생 후회할 일이에요! 게다가 내가 취직을 한다고 해서 다비토 마음이 바뀌는 일은 없을 거라구요."

저 뱃속 깊은 곳에서 끓어올라온 분노 그대로 수화기를 던지려고 했다.

그 순간 수화기에서 부르는 소리가 들린다.

"아가씨."

"뭐예요!"

한 번 더 수화기를 귀에 대고 소리쳤다.

"제가 생각없이 나선 것 같습니다. 저도 충분히 반성

하고 있으니, 이 일은 아버님께 말씀드리지 마십시오. 그러시면 안 되겠습니까?"

죽는 소리하는 상대의 목소리를 무시하고 나는 거칠게 전화를 끊었다.

조금 기분이 안정되자, 위벽이 녹기 시작하는 것 같은 통증과 함께 배가 고프다는 사실이 떠올랐다. 돈이 없어 값싸고 양이 많은 것을 생각하다가 사거리에 있는 패스트푸드점에 가기로 하고, 간다 헌책방 거리를 걸었다. 여전히 찬비가 내리고 길을 가는 사람도 적다. 온몸에 힘이 빠져 휘청거렸지만, 비교적 큰 헌책방에서 발을 멈추고 비틀거리며 문학 작품 절판본이 진열되어 있는 책장까지 걸어갔다. 장정이 아름다운 나카다 바라히코의 단행본들을 보는 게 목표다. 아주 오래된 책이어서 사모을 여유는 없지만, 정가의 몇 배나 되는 가격이 붙은 그 책들을 간다에 올 때마다 바라보는 것은 은밀한 기쁨이었다. 가게 아저씨가 불친절하게 떡 버티고 서서 감시하는 가운데, 나는 조심스레 책을 책장에서 꺼내 페이지를 넘겼다. 도서관에서 전집을 빌리는 것도 좋지만, 언젠가 이 책들을 내 방에 모아두고 싶다고 생각하면서, 파라핀 종이가 찢어지지 않도록 주의하며 상자에 넣어 책장에

되돌려놓았다. 그리고 K담사의 면접관이 이 작가를 무시한 것에 제대로 대응하지 못한 게 몹시 분했다. "근성이 없어서 죄송합니다." 마음속으로 지금은 돌아가신 나카다 씨에게 사과했다.

이제 그만 헌책방을 나가려고 일어서려는데 현기증이 일었다. 살짝 현기증에 비틀거리다 마침 뒤를 지나가는 사람에게 부딪쳤다.

"아…… 죄송합니다."

"가나코!"

"앗, 니키!"

이런 우연한 만남이 있다니! 니키였다. 시끄러워, 너희들 나가, 하는 귀신같은 형상으로 노려보는 주인아저씨에게 항복하고 우리는 밖으로 물러났다.

더블 치즈버거를 눈 깜짝할 사이에 다 먹어치우고, LL세트로 주문한 포테이토와 음료수를 위에 꾸역꾸역 집어넣었다.

"가나코, 좀 천천히……."

니키가 주위의 시선을 신경쓰면서 나무란다. 공복을 어느 정도 채운 나는 일단 진정하기로 하고 종이 냅킨으로 입가를 닦았다.

"평소와 달리 정장 차림으로 있으니, 니키가 좀 멋있어 보이네."

"무슨 소리 하는 거야. 아까까지 '눈이 빙글빙글 도니까 우선 맥도날드부터 가자' 고, 새파랗게 질린 얼굴로 말한 주제에."

나는 헤헤헤 하고 쑥스럽게 웃으며 콜라를 마셨다.

"니키, 오늘 K담사 갔었어?"

"응. 금방 끝나서 헌책방이나 한번 둘러보고 갈까 하고 갔었지. 뭐야, 가나코는 집A사도 갔었냐?"

"그래. 점심 먹을 시간이 없어 가지고 이 시간이 됐어."

니키에게도 포테이토를 권하면서 이야기했다.

"집A사는 좋은 사람들을 만나서 제법 부드럽게 이야기가 됐는데, K담사는 최악이었어."

"흐음, 나도 그랬어. 아마 떨어질 거야."

점심시간이 지난 지 오래되어 가게 안은 한산했다. 니키가 일어서서 재떨이를 들고 왔다. 내게 양해를 구하고 맛있게 담배를 피우기 시작한다.

"나 말이야, K담사 시험을 보고 난 후에 가나코 말이 맞을지도 모른다고 생각했어."

"응? 뭐가. 무슨 소리야?"

"좋아하는 것을 포기하면 후회한다고 그랬잖아."

그 얘긴가. 멋부린 말을 한 게 괜히 낯뜨겁네.

"그래서 나도 '지금'을 놓치지 않아야겠다고 생각을 바꾸었어."

니키는 내 쪽으로 연기가 오지 않도록 옆을 보며 담배 연기를 내뱉는다. 담배를 손에 들고 있을 때도 내게서 멀찌감치 떨어지게 해준다.

"할 만큼 하면 후회하지 않겠지?"

그제야 평소에는 쿨한 니키가 자기 속마음을 순순히 털어놓는 이유를 깨달았다. K담사의 면접이 순탄치 못했고, 집A사에서 생각지도 못한 뒷공작을 알게 돼 나는 자신도 느끼지 못하는 사이에 엄청난 충격을 받았다. 니키는 나의 미묘한 그늘을 눈치채고 격려해주려는 것이다.

"벌써 지치기 시작했지만."

대놓고 고마워하기도 쑥스러워 그냥 시침을 뗐다. 아까까지는 확실히 지쳐 있었지만, 지금은 니키의 말에 마음이 온기를 되찾고 있다.

"그러고 보니……."

니키는 뭔가 생각난 듯, 짧아진 담배를 비벼 끄고 똑

바로 앉았다.

"가나코, 동생이 무슨 말 안 해?"

"무슨 말이라니?"

"으음, 좀 달라진 데 없어?"

돌이켜 생각해보았지만 잘 모르겠다.

"특별히 짐작가는 건 없는데. 왜?"

"다비토가 내게 환멸을 느꼈을지도 모르겠어."

"무슨 말이야, 그게?"

놀라는 내게 니키는 난감한 표정을 짓더니, 이윽고 천천히 이야기를 시작했다.

"나 말이야, 줄곧 다비토에게 컴퓨터를 가르쳤거든."

입에서 포테이토가 삐져나온 채 얼어붙어버린 내게 니키가 황급히 덧붙였다.

"아니, 최근에는 다비토도 자유자재로 컴퓨터를 갖고 놀아. 나도 함께 음악을 만들거나 하며 놀았어."

제대로 연결이 되지 않는 말에 무슨 소린지 이해도 못 하면서 고개를 끄덕였다. 그리고 생각이 났다.

"잠깐만. 니키네 집, 우리 집에서 엄청 멀잖아. 다비토는 너희네 집까지 배우러 다닌 거야? 메일로 배운 게 아니라?"

니키는 '메일' 이라는 말에 한쪽 눈썹만 재주좋게 치켜뜨며 의아한 표정을 지었지만, 이내 내 의문에 답해주었다.

"그렇게 자주는 아니지만, 한 달에 두 번 정도. 아는 사람 집이 근처에 있다면서 밤에 들르기도 하고."

그럼, 밤에 놀러 다니다 알게 된 친구의 집이구나. 고등학생 주제에 완전히 저 하고 싶은 대로 하도록 동생의 고삐를 늦춰준 우리 가족이 문제다. 언젠가 동생이 말한 '컴퓨터 교실' 이란 바로 니키네 집이었구나 하는 걸 그제야 알아차렸다.

"미안해. 부모님과 같이 사는 집에. 가족들께 죄송하다고 전해줘."

"아냐, 괜찮아. 우리 집은 손님들이 많이 들락거리고, 엄마도 여동생도 다비토의 팬이니까. 앞으로도 다비토가 자주 놀러와주길 바라고 있어."

이웃 아주머니들을 자기편으로 만들었듯이 또 애교를 최대한 발동했을 동생이 어이없기도 하고 감탄스럽기도 했다.

"내가 말하고 싶었던 건 그런 게 아니라."

니키는 거기서 말을 끊고, 사거리를 오가는 사람들의

물결을 내려다보았다. 그리고 결심한 듯이 다시 실내로 시선을 돌린다.

"어젯밤에 메일이 왔어. '컴퓨터 교실은 한동안 쉬겠습니다. 당분간 못 갈 거라 생각합니다만 걱정하지 마세요' 하고."

시험 전도 아니고, 설령 시험 기간이라 해도 예사로 놀러 다니는 동생이다. 뭔가가 있는 거라고 머리를 굴리고 있는데, 니키는 조심스러워하면서 이야기를 계속했다.

"지금까지는 학교나 집에 행사가 있어도 종종 얼굴을 보였더랬어. 이렇게 글로 '당분간 못 갑니다' 하고 알려오는 건 처음 있는 일이야."

동생에 대한 걱정과 동시에 뭔가 마음에 걸리는 게 있는 것 같았다. 가슴속의 응어리를 토해내듯이 니키는 고개를 숙이고 우물거렸다.

"그래서 나는 혹시 다비토가 내가 호모란 걸 눈치채고, 징그럽게 생각한 게 아닐까……."

깜짝 놀랐다. 그리고 니키에게 이런 기분을 맛보게 한 동생에게 분노를 느꼈다. 물론 동생은 니키의 사정을 모르니 아무 생각 없이 메일로 '가지 않겠다' 고 했겠지만, 그렇다면 적어도 이유만이라도 말했어야지! 화를 내고 싶었다. 자존심 강한 니키가 동생을 걱정해 차마 말하기 힘든 자신의 심정을 이렇게 토로하고 있다.

"니키, 니키. 있을 수 없는 일이야, 그런 건. 동생이 설령 눈치챘다고 해도 그래서 '가지 않겠다' 고 말할 아이는 아냐. 괜찮아, 너무 넘겨짚은 거야."

이렇게 말하면서도 정말로 그런 일로 동생이 사람을 피하거나 하는 건 아닐 거라고 확신했다. 그러면 니키의 집에 갈 수 없게 된 이유는 무엇일까?

"그러게. 미안해, 왠지 예민해진 것 같네."

니키는 쑥스러운 듯이 말하고, 담배에 손을 내밀었다. 그러고 보니 마쓰시마 선생님과 이야기한 후에도 그런 느낌이었다. 그런 생각을 떠올리면서 종이컵에 남은 얼음을 먹었다. 왠지 나쁜 예감이 든다.

"다비토가 걱정되네. 니키, 먼저 집에 갈게."

니키는 막 붙인 담뱃불을 재떨이에 비벼껐다.

"나가자."

지하철역까지 함께 와서 니키에게 손을 흔들었다.

"점심 같이 먹어주어서 고마워. 뭐라도 알게 되면 전화할게."

니키는 고개를 끄덕이며 우산을 펴들고 헌책방 거리

로 되돌아갔다. 나는 뭔가에 쫓기는 것처럼 미끄러지기 쉬운 역 구내를 달렸다.

현관을 여는 순간, 새엄마가 복도를 달려 나왔다.

"가나코! 큰일났어."

심장이 아플 정도로 심하게 고동쳤다. 새엄마는 왼손에 하얀 종이를 들고 있다.

"왜 그러세요?"

"다비토가."

새엄마는 현관 문턱에서 털썩 주저앉았다.

"다비토가 가출했어!"

내미는 종이를 보니 '여행을 떠납니다. 찾지 말아주세요' 하고 분명히 다비토의 필체로 적혀 있다.

아아아. 역시.

진로

"뭐가 '여행을 떠납니다' 야. 놀고 있네, 이 녀석."

씩씩거리며 나는 파르페를 먹었다. 스나코는 옆에서 기쁜 표정으로 파르페를 먹고 있다. '아마자라시' 는 늘 그렇듯 사람이 별로 없다. 우리의 '단 음식 소비 속도' 에 니키가 얼굴을 찌푸리며 물었다.

"그래, 어디 짐작가는 데 없어?"

"전혀."

어제는 그 후로 완전히 난리법석이었다. 니키에게 동생이 가출했다고 전화하고, 컴퓨터에 관련된 친구를 찾아달라 하고, 다니자와에게도 연락을 했다. 아버지에게 가출 사실을 알리지 않을 순 없다.

"다니자와 씨가 '아버지 뒤를 이어라' 하고 귀찮게 해서 그런 거라고요. 알겠어요? 취소하지 않는 한, 다비토는 돌아오지 않을 거예요."

달리 짐작가는 이유가 없다. 동생은 온몸으로 항의 시위를 하고 있는 것이다. 집A사에 뒷공작을 한 울분까지 보태서, 전화 저편에서 충격을 받은 나머지 침묵을 지키고 있는 다니자와를 실컷 괴롭혀주다가 일방적으로 전화를 끊어버렸다. 그 남자는 한동안 도움이 되지 않을 것이다. 옆에서 부들부들 떨고 있는 새엄마에게 이번에는 반 아이들 명단을 받아들어 이름을 들은 적 있는 친구들에게 차례로 전화를 걸었다. 혹시 동생을 숨겨주고 있지나 않은지 세심하게 대답의 이면을 살폈지만, 하나같이 놀랄 뿐이었다. 뭐, 그 동생의 친구들이니 방심은 할 수 없지만, 친구 집에 굴러들어간 건 아닌 게 분명하다. 여학생 집이라면 연락처를 모르니 그대로 포기해야 한다. 이렇게 해서 동생은 깨끗하게 행방을 감추고 말았다. 아까 집에 전화를 했더니, 예상대로 학교에도 가지 않았다며 새엄마가 울었다.

"미안해, 니키. 걱정 끼쳐서. 그렇지만 다니자와의 뜻이 꺾이면 돌아올 거라고 생각해."

오늘 학교에 올 때까지도, 역이며 마을이며 사람들 속에서 동생을 찾으려고 애를 써서 눈이 지칠 대로 지쳤다. 될 대로 되라고 포기하지 않으면 도저히 몸이 더 이상 버티지 못할 것 같다. 이렇게 지내다 보면 동생에게서 연락이 있겠지. 나는 더 이상 신경쓰지 않기로 했다.

"가나코 동생은 생활력도 있어 보여. 한동안은 어떻게든 잘 살아나갈 수 있을 거야."

파르페를 다 먹은 스나코가 위로해주었다.

"어떻게든이라니?"

"응? 기둥서방 같은 거라도 해서 말이야."

동생은 아직 고등학생인데 그런 일을 해도 되나? 니키는 긍정도 부정도 하지 않고 그저 웃고 만다. 동생이 돌아온다면 좀더 고등학생다운 건전한 이미지를 풍기도록 교육을 다시 시켜야겠어. 울고 있는 새엄마와 한동안 단 둘이 지낼 생각을 하니, 벌써부터 죽는 소리가 나온다. 시무룩한 표정을 보고 스나코는 자기가 말실수를 했다는 걸 깨달았는지 화제를 바꾸었다.

"어젯밤에 시노부한테서 전화가 왔어."

"그래? 오랜만이네. 잘 지낸대?"

작년 여름 우리 세 사람은 전통 예술을 구경하러 갔다

가 우리 세 사람은 시노부를 만났다. 시노부는 긴키 지방에서도 꽤 깊은 산속에 사는데 평소에는 임업을 하고 있는 청년이다. 그 마을도 도시로 이주하는 인구가 많아, 젊은이라고는 시노부를 위시해 다섯 명 정도밖에 없다. 하지만 오봉(우리나라의 추석에 해당하는 일본의 명절—옮긴이)에 추는 큰북춤 전통이 지금도 기적적으로 이어지고 있었다. 사실 우리는 다른 축제를 보러 가던 중이었는데 스나코의 신통찮은 네비게이션 때문에 길을 잘못 들어, 산속의 그 마을로 들어갔던 것이다. 요코미조 세이지(추리소설작가—옮긴이)의 세계 같은데 괜찮을까 하며 떨고 있는데 우리 차 앞에 시노부가 나타났다. 흰옷 차림에 배에 큰북을 맨 모습이었다.

"너거 어데서 왔노?"

갑자기 마을에 들어온 렌터카를 수상하게 여긴 시노부가 물었다. 그는 그 산골에 어울리지 않게 피부가 하얗고 곱상하게 생긴 남자였다. 스나코의 눈이 반짝 빛나는 것을 니키도 나도 놓치지 않았다. 시노부는 웃으며, 우리가 목적지로 삼았던 마을은 산을 두 개 넘어야 한다면서 축제라면 지금부터 '우리'도 하니까 보고 가라고 권했다. 자기 집에서 재워주기까지 하는 통에 우리는 무척 친해졌다.

“임업은 여전히 한가해서 밭일을 하고 있다나 봐. 오봉 때 선보일 큰북춤 연습도 시작했대.”

“오호.”

올해도 시노부네는 씩씩하게 생활하면서 축제를 기대하는 노인들을 위해 마을의 전통 춤을 연습하고 있구나.

“‘너거도 취직 준비하느라 올해는 마을에 못 올 테니, 언제 우리가 한 번 놀러갈까 생각하고 있다’ 고 하데.”

그리고 말이야, 하고 스나코가 계속했다.

“거긴 뭐 별 일 없냐고 해서, 마침 니키에게 가나코 동생이 가출했다는 전화를 받은 직후라, 그 얘길 해줬어.”

니키가 뭔가 생각하는 듯 고개를 갸웃거렸다.

“통화하면서 그걸 시노부가 주위 사람들에게도 전하더라고. 그랬더니 주위에 사람들이 한데 모여 있었는지 ‘진짜?’, ‘어쩌지?’ 하는 소리가 들렸어. 아마 히사시나 다카시였겠지.”

이런 이런. 그 마을에까지 동생 가출 소식이 전해졌다. 나는 부끄러움에 몸이 움츠러들었다. 결국 ‘가출 이야기’ 가 되어버렸음을 깨달은 스나코는 미안했는지 스스로 빈 파르페 통을 버리러 갔다.

다니자와에게서 바로 연락이 왔다.

"알겠습니다. 겐지 씨께도 혼났습니다. 더 이상 도련님의 진로에 대해서는 참견하지 않겠습니다. 무슨 공부를 하든 정치가가 되지 못하는 건 아니니까요."

도무지 뭐가 문제인지를 모르는 것 같다. 다니자와는 필사적이었다.

"그래서 부탁이니 도련님에게 집에 돌아오시도록 전해주세요. 집A사에 가나코 씨 일을 부탁한 것도 다시 한 번 사과드립니다."

"저기요."

전화 저편에서 힘없이 우는 소리를 하는 남자에게 나는 한 번 더 펀치를 먹였다.

"내가 복수를 위해 심술을 부리는 게 아니잖아요? 다비토는 가출했다고요. 휴대전화도 전원을 껐는지 전파가 닿지 않는지 모르겠지만 통하지 않아요. 있는 곳을 모르니 전할래야 전할 수가 없군요."

정말로 필요할 때 도움이 되지 않는 사람이다. 이럴 때야말로 정치가의 연줄이니 하는 걸 총동원해 동생이 있는 곳을 알아내주면 좋을 텐데. 하지만 어쩐지 아버지는 아직 그럴 필요가 없다고 판단한 것 같다. 새엄마와 나는 오로지 동생의 연락만 손 놓고 기다릴 수밖에 없다.

겁쟁이가 되어버린 다니자와의 전화를 끊고, 나는 구두를 신었다. 오늘은 집A사 2차 면접 날이다. 예상했던 대로 니키와 나는 K담사 면접에서 떨어졌다.

그러나 다니자와 때문인지 그 이유는 모르지만, 내게는 아직 집A사가 남아 있었다. 1차 면접에 통과했다고 보고하자 니키는 순수하게 기뻐해주었지만, 연습 발표 준비에 쫓기고 있던 스나코는 불길한 소리를 했다.

"집A사로 결정되면, 이번에는 졸업하기 힘들어질 거야. 그게 인생이야. 가나코, 수업도 챙겨듣는 편이 좋을 걸."

"그만해. 난 그런 징크스 같은 걸 들으면 또 찜찜해지는 성격이잖아. 좋은 기분으로 면접 보게 해달라구."

후후후 웃으며 스나코는 복사지를 자르고 붙이면서 이력서를 만들고 있다.

"그리고 평소 수업에 잘 빠지는 건 스나코 쪽이잖아."

"맞다. 가나코, 민속학 노트 좀 빌려줘."

"아, 그건 나도 필기 안 했어."

어떡하니? 그래 가지고 졸업할 수 있겠냐면서 우는 소리 하는 스나코를 무시하고 니키가 말했다.

"집A사 2차는 집단 면접일걸?"

"그거 나도 정보 군에게서 들었어. 함께 면접을 보는 학생들과 대기실에서 대화를 나누어 얼마만큼 친해졌는지를 보는 게 포인트래. 서로 발목 잡고 그러면 한심하지 않겠니?"

스나코가 풀로 끈적거리는 손가락을 못 쓰는 종이에 닦으면서 말했다.

"잠깐만, 스나코. 그 녀석과는 언제부터 그렇게 친해진 거야?"

"어때. 써먹을 수 있는 것, 도움이 되는 정보, 뭐든 이용해야지. 게다가 이건 가나코를 위해서기도 해."

말은 잘한다. 취업활동도 별로 하는 것 같지 않더구만.

"뭐야, 정보 군은 내가 데려온 남자야. 멋대로 이용하지 마."

"그럼 어때서? 그런 멋대가리 없는 남자. 가나코도 못되게 굴었잖아. 이제 와서 아까워진 거니?"

그런 건 아니지만, 처음에는 내게 마음이 있어 보였던 정보 군이 어느새 스나코에게 넘어갔다는 걸 알게 되자 왠지 기분이 좋지 않았다. 아름다운 스나코 앞에서 여자의 자존심이 무너진다.

늘 그렇듯이 니키는 우리의 싸움에 난감해하는 법 없이 태연히 끼어들었다.

"자자, 정보 군은 그렇다치고 집단 면접은 괜찮겠어?"

괜찮지 않았다.

처음 만난 사람과 느닷없이 주어진 과제에 대해 토론을 하라고 하니, 잘 했을 리 만무하다. 늘 함께 있는 사람하고도 커뮤니케이션이 제대로 되지 않아서 나도 모르는 사이에 가출을 해버렸거늘. 나는 언덕 중턱에 있는 공원의 연못가에서 한숨을 쉬었다. 옆에 앉은 사이온지 씨가 뿌린 빵 부스러기를 먹으려고 오리들이 헤엄쳐온다. 오리들은 꽥꽥꽥 둔한 소리를 내며 불어터진 빵 부스러기를 물과 함께 삼켰다.

"대기실은 묘하게 우호적이었어요. 그리고 우호의 그늘에서 상대를 탐지한다는 것이 너무나 생생하게 느껴지는……. 한 마디로 아주 기분 나쁜 분위기였어요."

스나코가 얻어온 정보 군의 충고에 따라 나는 어떻게든 마음을 열어보려고 시도했다. 그러나 따뜻한 표피 바로 아래에 있는 차가운 얼음벽에 부딪혀 결국 단념하고야 말았다.

"여학생들밖에 없었던 거야?"

"네. 집A사 면접은 남녀 따로였어요."

나도 사이온지 씨에게서 빵 부스러기를 얻어 오리의 미간을 향해 던졌다.

"개인 면접도 있었지만 그것도 실패했어요. 이름을 부를 때까지 복도에 있는 의자에서 기다리고 있는데, 앞에 들어간 아이가 나오더니 빙그레 웃으며 말하는 거예요. '면접관들이 굉장히 자상했어요' 하고. 묻지도 않았는데 그런 말을 하다니 이상하네, 생각하며 면접실에 들어갔죠 그랬더니 웬걸, 면접관들이 엄격한 분위기로 앉아 있는 거예요. 이른바 압박 면접 분위기였죠."

"그럼 앞의 아이에게 속은 건가?"

"글쎄요, 거기까지는. 정말로 그 여자애한테는 자상했을지도 모르죠. 다만, 인간의 심리란 게 '앞의 아이는 자상했다고 하는데, 어째서 내게는 엄격할까' 싶어서 불안해지잖아요. 그 아이가 굳이 안의 모습을 내게 '보고' 했다는 것은 자기도 압박 면접이었는데 다음 사람을 동요시키기 위해 거짓말을 한 건지도 모르지요."

"정말로 그런 거라면 가나코도 안됐지만 그 아이도 참 가엾네."

사이온지 씨는 한숨을 쉬며 고개를 저었다.

"그만큼 모두 필사적인 거죠. 그 여자애가 거짓말을 했을지 모른다는 걸 깨달았을 때는 화가 나더군요. 하지만 난 그렇게까지 해서 타인을 밀어내고 합격해야 한다는 기개가 없어요. 성격상으로도, 자존심상으로도. 어쩌면 그것이 면접관에게는 '열의가 결여된' 것으로 보였을지도 모르겠어요."

"가나코는 평소에는 겁이 없는데, 정작 중요한 순간에 밀고 나가는 힘이 약해. 그게 가나코의 자존심을 말하는 거긴 하지만."

"쓸데없는 자존심인데 버릴 수가 없네요. 결국 떨어진 건 그 아이 탓이 아니라 내 탓이에요."

나는 생각나는 게 있어서 웃었다.

"집A사 필기시험에서 쓴 작문, 쓰기는 잘 썼다고 생각하지만 어떤 이야기인가를 말로 설명하는 것이 좀 망설여지는 내용이어서……."

처음 보는 아저씨들을 앞에 두고, "남자들은 자신의 페니스를 상징하는 코끼리를 데리고 공주님에게 구혼합니다."라고 할 수는 없었다. 신중하게 말을 고르느라 고심하는 내 뜻을 헤아려, 면접관 아저씨가 말했다.

"알겠습니다. 그러니까 코끼리는 남성의 상징이라는 내용이군요."

그렇게 간단한 게 아니지, 하고 생각했지만 나는 "예에, 뭐어." 하고 말을 흐렸다. " '인간의 고독을 그린' 것입니다."라고 말하고 싶었지만……. 유명한 순정 만화에서는 살인 청부업자가 주인공 소년에게 헤밍웨이의 『해류 속의 섬들』을 그렇게 설명했다. 나는 그 표현이 너무 멋있다고 생각했지만, 일상생활에서는 평생 써먹을 일 없는 말이라는 생각에 그냥 가슴에 담아두기로 했다. 그 면접 때가 유일한 기회였으나 쑥스러워서 사용하질 못했다. 어차피 떨어질 거라면 말이라도 해볼 걸.

작문을 둘러싼 전말을 얘기하고 나자, 사이온지 씨의 말대로 내가 정말 중요한 순간에 밀어붙이는 힘이 약하다는 게 드러난 듯해 의기소침해졌다.

"그렇게 시무룩해할 것 없어. 그 회사와는 인연이 없었던 거야. 아직 지원한 데가 더 있잖아."

사이온지 씨는 풀이 죽은 나를 어떻게든 격려해주려고 애썼다.

"네. 마루가와를 비롯해서 이름을 들은 적이 있는 출판사 중에서 사원모집 하는 곳은 대부분 다."

사이온지 씨는 비닐봉지에서 빵 부스러기를 한 줌 더 꺼내 뿌리며 고개를 끄덕인다.

“분명 어딘가 있을 거야. 가나코도 마음에 들고, 상대도 가나코가 꼭 와주었으면 하는 곳이. 마치 지금의 나와 가나코처럼 서로 생각하고 사랑해주게 될 회사가 반드시 있을 거야.”

마음 어딘가에서, 그렇게 말처럼 쉬운 게 아니에요, 사이온지 씨처럼 나를 좋아해줄 회사 따위는……, 하는 소리가 울리고 있었지만 굳이 들리지 않는 척했다. 설령 최악의 사태에 직면하더라도 아직 그런 현실은 상상하고 싶지 않다.

“여름 전에 취직이 결정되면 놀 수 있어서 좋을 텐데.”

여름이라, 하고 중얼거리며 사이온지 씨는 장마 전의 마지막 파란 하늘이 펼쳐진 드맑은 공간을 올려다보았다.

“가나코에게는 마지막 여름방학이겠구나.”

“순조롭게 졸업하고 취직하면 그렇겠지만. 자칫하면 ‘매일이 여름방학’이 되어버릴 것 같아요.”

“그것도 나쁘지는 않아.”

사이온지 씨는 웃었다.

“나야말로 마지막 여름방학인데.”

사이온지 씨는 생각에 잠긴 얼굴로 "가나코를 조금이라도 도와줄 수 있으면 좋을 텐데" 하고 중얼거렸다.

이윽고 사이온지 씨는 봉지를 거꾸로 쥐고 흔들어 빵 부스러기를 남김없이 오리들에게 주었다. 그리고 빵 부스러기가 오리의 노란 부리에 붙어 있는 것을 보고, 짧은 막대기로 떼어주려고 했다. 물론 오리들은 사이온지 씨의 호의를 괴롭히려는 걸로 오해하고 황급히 연못 한가운데로 헤엄쳐가버렸다.

사이온지 씨는 씁쓸한 표정으로 오리를 지켜보다가 막대기를 내던졌다. 그가 연못을 보며 말했다.

"가나코. 나도 마지막 여름방학을 의미있게 보내려고 해."

"마지막?"

사이온지 씨는 되묻는 말에는 대답하지 않고 말을 이었다.

"올 여름에 중국으로 가려고 해."

"어머나, 여행 가세요? 좋겠다. 얼마나 가 계실 계획인데요?"

사이온지 씨의 손은 그야말로 붓보다 무거운 걸 든 적이 없게 생겼지만, 얼굴에 새겨진 주름만큼은 지난 세월을 반영하듯 깊이 파여 있다.

"아마 1년이나 2년. 어쩌면 중국에서 죽게 될지도 모르겠네."

"그렇게나……."

나는 깜짝 놀라서 차가워진 손으로 사이온지 씨의 손을 잡았다. 사이온지 씨는 살며시 내 손을 되잡으며 달래듯 흔들었다.

"사실은 다비토가 집에 돌아온 후에 말하려고 했는데, 이미 결정한 일을 숨기는 것도 그렇군."

나를 보며 사이온지 씨는 조용히 설명했다.

"나는 서예를 하고 있잖아. 언젠가 한번은 중국에 가서 여러 서체를 실제로 보고 싶었어. 제대로 서예에 접하고 싶다는 생각을 해왔지. 그 나이에라고 생각할지도 모르겠지만, 동생도 세상을 떠났고 혼자 남은 인생을 살아갈 만큼의 돈은 충분히 있으니까 집은 아들 부부에게 물려주고 남은 시간 내가 하고 싶은 일을 하며 살고 싶어."

"아드님은 뭐라고 하세요?"

"계속 반대했지만 결국 져주었어."

이번에는 내가 연못을 보았다. 실제로는 눈물로 시야가 흐려져 아무것도 보이지 않았다.

"이미 결정된 거군요."

잡고 있는 손에 끝내 눈물이 떨어졌다. 사이온지 씨가 부드럽게 등을 쓰다듬어준다.

"그렇게 울지 않아도 돼. 이렇게 늙은 영감인걸. 어디에 있든 남은 시간은 짧아. 그런 내가 내 맘대로 하고 싶은 일을 하려는 거야. 가나코처럼 어린 친구가 울어주지 않아도 돼."

나는 사이온지 씨의 어깨에 얼굴을 묻었다.

"괜찮아. 금방 싫증나서 돌아올지도 몰라."

그러나 어쩐지 그런 일은 절대 없을 거라는 확신이 들었다. 사이온지 씨는 이제 이 마을로 다시 돌아오지 않을 각오다. 여기서 태어나 줄곧 여기서 살았으면서. 나는 사이온지 씨의 소맷자락을 잡고 펑펑 울었다.

"아직 여름까지 시간이 있잖아."

사이온지 씨의 목소리가 조금 갈라졌다. 연못의 오리들은 더 이상 가까이 오지 않는다. 우리는 언제까지고 벤치에 앉아 있었다.

본격적으로 장마에 들어갔지만 동생에게서는 전혀 소식이 없다. 한동안 어두운 안색으로 전화 소리에 예민하게 반응하던 새엄마는 끝내 몸져 누워버렸다. 두 사람만의 어색한 식사가 계속되는 것이 힘들었던 나는 오히려 약간 안심이 됐다.

둘이서 마주 앉아 식사를 하다 보면 새엄마도 나이를 먹었구나 하는 걸 느낀다. 처음 이 집에 왔을 때, 젊고 예뻤던 새엄마는 나를 안아주었다. 흙투성이가 되어 놀고 있던 나는 왠지 부끄러웠다. 옆에서 웃으며 그걸 바라보고 있는 아버지가 왠지 멀리 가버릴 것 같은 느낌이 들어 떼를 쓰며 울어댔다. 그때 좀더 우호적으로 대했더라면 우리 관계는 좀더 원만해졌을지도 모른다. 동생이 태어났을 무렵 새엄마는 얼어붙은 듯이 사람이 변해버렸다. 그런데 동생은 자기 엄마를 멀리하고 나를 따르는 바람에 새엄마와의 사이가 더욱 서먹서먹해졌다. 생각해보면 그건 내가 붙임성 없는 아이인 탓이기도 하고, 이 집의 중압감 같은 것을 가볍게 본 아버지 탓이기도 하다. 결국 나는 오래된 집에 눌러붙어 사는 시어머니 같은 역할이다. 나 스스로도 변화를 싫어하는, 신경질적인 동물처럼 얄미운 존재라고 생각한다.

하지만 친아들의 가출이라는 사태는 얼어붙은 모성의 샘을 다시 녹인 것 같다. 새엄마가 이렇게까지 동생을 걱정할 줄은 솔직히 예상하지 못했다. 평소라면 나는 또 주위 사람들 눈을 의식해서 연기를 시작했군, 하고 머리 한 켠으로 쌀쌀맞게 생각했을 거다. 하지만 나 자신도 동생의 가출에 동요하고 있었으므로 새엄마에게 따스한 인간미가 남아 있다는 것을 확인하고 안도감이 들었다. 그러나 취업 활동이 바빠져서 꼬박 붙어 앉아 새엄마를 간호할 수는 없었다.

어느 날, 저녁 식사를 가져갔더니 책이 넘쳐나는 그 방에서 새엄마가 자리에서 일어나 앉아 정원을 바라보고 있었다. 그 모습이 어찌나 가슴 아프던지 아무런 위로의 말도 건네지 못한 채, 어색하게 식사를 권하고는 방을 나왔다. 동생이 있는 곳을 찾아내지 못하는 다니자와에게 실컷 욕이라도 해주려고 복도로 나왔을 때 전화가 울렸다. 아버지였다.

"가나코, 엄마는 좀 어떠시냐?"

"안 좋아요. 멍하니 정원만 보고 있어요."

새엄마가 나를 보고도 빈정거리지 않다니, 지금까지 없었던 일이다.

"그러냐? ……다비토를 찾았단다."

순간 나는 도쿄 만에 떠도는 부패된 사체며 쓰레기봉

투에서 삐져나온 다리가 떠올라 떨리는 목소리를 겨우 쥐어짜내 물었다.

"설마 ……누구에게 살해당했어요?"

"넌 대체 무슨 생각을 하는 거냐? 멋대로 동생을 죽이지 말거라."

어이없어하는 아버지의 목소리에 안도감과 함께 분노가 끓어올랐다.

"하지만 아버지 말투가 무슨 일 있는 것 같은 말투였단 말이에요. 다비토, 어디 있대요?"

기대를 하게 만들려고 그랬지, 하고 중얼거린 아버지가 "산속이다." 하고 대답했다.

"그러니까, 어느 산속요?"

"글쎄다, 그건 듣지 못했다. 오늘 내 휴대전화로 직접 전화가 왔더라. 다니자와도 반성하고 있다고 전했더니, 조금만 더 있다가 돌아가겠다더구나. 건강하게 지내는 것 같았어."

어디 있는지 물었더니 동생은 산속이라고 대답하고, 아버지는 그걸로 만족했다고 한다. 나는 아버지가 만족하는 기준을 도무지 모르겠다. 지금 당장 도쿄의 아버지 집이 침수된다면 얼마나 좋을까 하는 생각이 간절했다.

새엄마에게 통화한 내용을 자세히 들려주자, 새엄마는 털썩 자리에 눕더니 얼굴까지 담요를 끌어올렸다.

"저, 새엄마, 괜찮으세요?"

"왠지 피곤하구나. 오늘은 이만 자야겠다."

나는 조용히 새엄마의 방에서 물러났다.

다음 날 아침, 새엄마는 일어나 주방에 들어온 내게 밥을 퍼주면서 물었다.

"가나코, 취직은 결정될 것 같니?"

평소와 다름없는 어조로 돌아와 있었다.

진보초의 맥도날드는 붐비고 있었다. 나와 마찬가지로 S학관에 지원서를 내러 왔다가, 여기서 마무리를 하고 있는 학생들이 손님의 절반은 되는 것 같다. 주스 한 잔 시켜놓고 필사적으로 적고 있는 사람도 있다. 나도 빈 쟁반을 테이블 구석으로 밀어놓고, 초고 쓴 것을 볼펜으로 정서하고 있었다.

조용한 가게 안에서 아까부터 유독 혼자만 큰 목소리로 떠드는 여대생이 있었다. 그녀도 출판사 지망으로, 여기서 S학관에 제출할 서류를 작성하고 있는 것 같다. 목소리의 주인공은 공교롭게도 내 옆자리에서 S학관 서류를 기입하고 있는 또 다른 여자애에게 아까부터 친한 척 말을 걸고 있다. 듣고 싶지 않아도 소리가 귀에 들어온다. 듣자하니 아마도 목소리 큰 여자애는 K담사 최종 면접까지 남았던 것 같다. 볼펜을 쉬지 않고 놀리면서도 내 귀는 접시형 안테나가 된다.

문득 등 뒤에 시선을 느끼고 얼굴을 들었다. 정면에 박힌 거울에, 벽에 반쯤 숨어서 나를 지켜보고 있는 스나코가 비쳤다.

"스나코! 뭐야, 왜 그런 곳에 숨어 있어?"

웃으면서 돌아보았다. 스나코는 숨어 있던 벽에서 모습을 드러내며, "이제야 알아차렸니?" 하고 반갑게 내 맞은편에 와 앉았다.

"오늘 S학관 서류 내러 간다고 니키에게 말했더니, 가나코가 어쩌면 맥도날드에 있을지도 모른다고 가르쳐 주데."

역시 니키. 사람의 행동 패턴을 읽는 능력이 탁월하다.

"니키는 S학관 시험 안 친대?"

"응. 대학원에 가서 공부를 계속하려나 봐."

"능력이 있으니 그 편이 좋겠다."

"니키라면 대학 교수가 될 수 있을 거야."

자기 일처럼 자랑스럽게 얘기하는 스나코를 흐뭇하게 보면서 고개를 끄덕였다.

"스나코는 어때? 어디 결정될 것 같아?"

"전혀. 요즘은 간혹 시험도 치고 그랬는데 전부 안 됐어. 패션계를 돌았는데……."

스나코는 들고 온 쟁반에 있는 셰이크를 쭉 빨았다. 셰이크가 단단하게 굳어 있는 것 같다. 얼굴이 새빨개질 정도로 빨대를 빨아들이더니 겨우 입을 뗐다.

"뭐야. 하나도 안 빨리네."

종이컵을 손으로 감싸듯이 하고 따뜻하게 녹이면서 스나코는 이야기를 계속했다.

"큰 기성복 업체에 가면, '오, 지금까지 엘리트 코스였군요' 하고 눈썹을 반듯하게 정리한 남자가 한 소리 하고, 작은 회사에 가면 '우리처럼 작은 회사 말고 좀더 큰 회사에 가는 게 어때요?' 하고. 결국 아무 데서도 받아주질 않아."

"그 '엘리트 코스'란 말 나도 들었어. 집A사 2차 면접에서 '당신은 대학도 일류군요. 이대로 우리 회사에 들어오면 그야말로 엘리트 코스겠네요' 라더군."

"뭐야, 그거? 자기 입으로 엘리트 코스라 하다니. 창

피한 줄도 모르네."

스나코는 또 힘껏 셰이크를 빨려고 했다. 그리고는 힘이 들었는지 어깨로 헉헉 숨을 내쉰다.

"뭐, 듣기 좋게 거절하려는 거겠지만. 어딜 가나 반드시 마지막 질문은 '당신은 운동을 했습니까?' 야. '유명 대학 체육과(남자)' 라고 솔직하게 모집 요강에 써주면 우리도 괜히 헛수고하지 않을 텐데."

내가 탄식하자, 무슨 의미가 있는지 스나코는 이번에는 컵을 주물럭거리면서 코웃음쳤다.

"대체로 회사, 나아가서는 '사회' 가 말이야, 그들이 원하는 능력이란 게 애초부터 우리에게는 없는 거라고."

간신히 셰이크가 녹기 시작한 것 같다. 스나코가 이번에는 빨대를 입에 물고 빨아들일 수 있을 때까지 쭉 들이마신다.

스나코의 말에 공감하며 생각나는 대로 면접에 필요한 능력을 들어보았다.

"패기가 있고, 기개가 있고, 처음 보는 사람과도 밝게 얘기할 수 있어야 해. 그런 걸 면접이라는 한정된 시간 내에 어필해야 하고."

"맞아 맞아, 그런 게 가능한 인간을 사회인이라고 하

는 거야."

스나코는 빨기를 멈추고 컵을 쟁반에 내려놓았다.

언제까지 유치한 소리나 하고 있어봐야 소용없다.

그러나 지난번에 면접을 보러 간, 출판사의 작은 하청 프로덕션도 내게는 의문이었다. 잔업 수당도 복지 제도도 만족스럽지 않았다. 젊지만 생기가 부족해 보이는 여성들이 바쁘게 일하고 있었다. 면접관인 중년 남자는 이렇게 말하며 웃었다,

"음, 바쁠 때는 하루에 20시간 노동이죠. 평소에는 12시간. 몸을 상한 아이들도 많아요. 그렇지만 우리 직원들은 우수해요. 우리 애들은 큰 출판사 편집자 중에 본보기로 삼을 만한 사람이 없다는 말을 곧잘 합니다."

그만큼 우수한 인재가 모여 있으면서, 왜 가혹한 노동 조건에 만족하고 있는지 도무지 이해할 수가 없었다. 파업이라도 벌여 임금을 올리거나 좀더 인간적인 환경에서 일할 수 있도록 해달라고 요구하면 되지 않을까. 정말 우수하다면 큰 출판사 역시 그냥 내버려두고 싶어하지 않을 테니, 회사측에선 직원들 요구를 수락하지 않겠는가? 잔업 수당도 주지 않는데 20시간이나 일하고 심신이 버텨낼 리 없다. 결국 그 회사에서 일하는 여성들

은 언젠가는 전직이나 퇴직을 생각하지 않을 수 없을 것이다. 하지만 직장을 옮긴다고 해서 반드시 더 나은 데로 간다는 보장도 없는 게 현실이다.

"체력은 좋아요?"

"부모님께서 딸이 시간이 불규칙한 직장에서 일하는 걸 허락해주실까요?"

나는 이미 성인이라고! 하면서 덤벼들어 두들겨 패고 가발을 벗겨내고 싶은 생각이 치솟았다. 그러나 이 모든 욕망을 참고서 변변찮은 수많은 질문에 성실하게 대답했다. 물론 그렇다고 해도 좀처럼 희망하는 회사에는 들어갈 수 있을 것 같지 않다. 산업혁명 시절의 영국 탄광 같은 조건의 편집 프로덕션에서도 거절당한 나로서는, 이제 회사에는 영영 들어갈 수 없을지도 모른다는 생각이 가슴 중간까지 차버렸다.

"나, 취업 활동 관둘까 봐."

무심결에 약한 소리를 했다.

"나도. 내가 얼마나 회사 생활에 맞지 않는지 알게 됐어."

스나코도 어깨를 축 늘어뜨리며 말했다.

"정보 군은 무슨 대형 슈퍼마켓에 내정됐대. 취업 활

동은 앞으로 계속할 것 같지만."

스나코는 여전히 정보 군과 연락을 주고받는 모양이다.

"오, 잘됐네."

"응, 걔도 취업 세미나에 많이 다닌 탓인지 점점 밝고 싹싹해져서 그늘이 없어졌어. 그게 바로 세뇌, 마인드 컨트롤이란 거야."

"자기에게 자신이 있다는 거네. 좋은 일이네, 뭐."

그렇게 대답하면서도 그 이상 싹싹해지고 자신만만해진다면 어울리기 힘들겠는걸, 하는 생각이 들었다.

그때 아까의 큰 소리 여자애가 터무니없는 말을 하는 것이 귀로 날아들었다.

"난 말이야, 여자를 강간한 남자는 모두 교도소로 보내서 힘이 무지하게 센 남자 다섯 명한테 당해야 한다고 생각해."

뭐야, 뭐야. 무슨 얘기야. 스나코가 깜짝 놀라 큰 소리 여자애를 돌아보았다. 가게 안은 고요해졌다. 여자애에게 잡혀 있던 다른 여자아이는 맞장구도 치지 못하고 곤란한 듯이 웃으며 조그맣게 움츠러들었다. 그러나 큰소리 여자애는 전혀 눈치채지 못했다.

"그렇지? 좋은 생각이지? 아, 그런데 그걸로 남자 맛에 눈뜨게 된다면 그것도 골치아프겠다."

"뭐니, 저 앤?"

스나코가 예쁜 얼굴을 찌푸리며 작은 소리로 묻는다.

"글쎄다……. K담사에 최종까지 남았던 애 같아."

"어떻게 알아?"

"아까 자기 입으로 그렇게 말하는 걸 들었어."

스나코는 일어서며 말했다.

"아아, 못 봐주겠네."

스나코는 내가 다 쓴 걸 확인하더니 낭랑하게 선언하듯 말했다.

"자, 그럼 S학관에 서류 내고, 돌아오는 길에 신주쿠에 가 옷이나 보자. 물론 아이쇼핑이지만."

합격

슬슬 무더운 여름이 찾아올 시기지만, 아직도 비가 계속 내리고 있다. 올해는 내내 여름이 오지 않기를 바라던 터라 내심 반갑다. 장마 동안 사이온지 씨를 만나고, 커피숍의 지배인을 놀리고, 크고 작은 출판사에 시험을 봤다. 믿을 수 없게도 나는 마루가와의 필기시험에 붙었고, 1차 면접과 2차 면접에도 통과했다. 오늘 최종 면접을 보고 그 결과를 기다리고 있다. 최종 면접에 붙으면 드디어 사장 라오조 씨와 일대일 사장 면접이 기다리고 있다. 거기까지 가면 마루가와 입사는 확실하다.

최종 면접까지 남았다는 말을 듣고 스나코도 진지하게 응원해주었다.

"잘해야 해. 꼭 붙어서 이제 앞으로 잡지는 공짜로 주는 거다."

니키도 기대를 표했다.

"볼 만한 영화도 만들어줘."

생각해보면 긴 여정이었다. 나는 방에서 우편함을 내려다보며 감회에 젖었다. 모든 사람들에게서 취직에는 어울리지 않는다는 말을 수없이 들으면서, 내심 정말 그런 게 아닐까 하는 생각도 들었지만 그런 일은 일어나지 않았다. 만화 카페는 일주일에 한 번 가는 걸로 참았고, 동생의 가출에도 흔들리지 않았고, 스나코의 이상한 징크스 들이대기에도 굴하지 않았다. 드디어 나는 염원하던 출판사 입사까지 겨우 한 걸음 남겨둔 상태였다!

후후후, 어떻게 할까? 정말 마루가와에 붙는다면 우선 순정 만화부터 개혁해야 한다. 당장 헌책방에 팔아버리고 싶은 작품들뿐이니, 좀더 내용이 실한 이야기를 연재하도록 방향전환을 해야지. 그림이 너무 마니아풍이니까 일반 순정 만화를 좋아하는 사람에게 먹히는 그림으로 조금씩 바꾸어가자. 할 일이 너무 많아서 바빠지겠는걸. 그래도 좋아. 열심히 일해 돈을 잔뜩 벌어들여서 사장 라오조에게 이런 말을 듣는 거야.

"당신처럼 우수한 사람을 꼭 내 며느리로 받아들이고 싶소."

나는 라오조 2세와 결혼하여 '마루가와의 여왕'으로 불리는 거지. 그렇게 되면 면접에서 이상한 질문 따위를 하지 않도록 사원들에게 철저히 교육을 시켜야지.

마루가와의 1차 면접은 원만하게 지나갔다. 나도 상대를 시험해볼 요량이어서, "좋아하는 작가는?" 하고 물으면 어느 출판사에서나 "나카다 바라히코"라고 대답하며 반응을 살폈다. 하지만 마루가와 1차 면접관은 이렇게 말했다.

"오. 그 사람은 우리 회사에서 단가短歌 편집자로 일했던 사람입니다. 요즘도 젊은 사람이 읽어준다는 것은 기쁜 일이지요."

그러나 2차 면접관은 좀 무례한 인물이었다. "최근 본 영화 중에 재미있었던 것은?" 하고 물어서, "<요시나리구미 외전·미아견의 계보>입니다."라고 대답하고 내용을 설명했다. 그러나 면접관은 냉소적이었다.

"흐흠, 사는 게 즐거운가 보군요. 취직하면 영화 볼 시간도 없어요. 바빠서요. 그게 회사 생활이란 거죠."

묻는 대로 대답했을 뿐인데, 왜 내가 핀잔을 들어야

하는가. 뭔가 이야기가 이상하다. 회사에 들어가면 학생 시절보다 자신의 시간이 적어진다는 것쯤 누구나 알고 있다. 알면서도 취업활동을 하고 있는 것이다. 남학생에게도 이런 말을 할 거라고는 생각할 수 없었다. 남자는 회사에 들어가 일하는 것이 당연하지만, 여자가 일을 하고 싶어하다니 그만큼 각오가 되어 있는가, 하는 염려를 드러낸 것이다. 적어도 나는 그렇게 받아들였다. 그걸 증명하듯이 그는 이야기를 계속했다.

"여자들은 결혼 문제도 있지요. 부모님과도 의논해봤나요?"

부모는 별거 중이며, 집에 있는 엄마는 계모이고, 동생은 가출 중입니다, 라고 말해줄까? 게다가 그 아버지란 사람은 상담에 응해주기는커녕 기를 꺾어놓는 일밖에 하지 않는다고 말해버려?

아버지는 내가 고등학교 시험을 치는 날 아침에야 물었다.

"가나코, 고등학교는 어떻게 할 거냐?"

아버지는 늘 타이밍이 빗나가는 사람이다. 이미 그 무렵에는 나도 아버지라는 사람을 대충 파악하고 있어서, "가요." 하고 일단 대답해주었다.

"두부를 작은 것부터 먹는 버릇 좀 고치세요."

나는 아침 식사 때마다 된장국에 든 두부를 크기대로 음미하면서 젓가락을 나르는 아버지에게 소리치는 것도 잊지 않았다. 그런 걸 떠올리면서 나는 면접관에게 대답했다.

"지금 사귀고 있는 사람이 일흔 살입니다. 게다가 올 여름 중국에 가면 언제 돌아올지 모르기 때문에 당분간 결혼은 하지 않을 겁니다."

면접관은, "하하하, 또오." 하고 웃었다.

뭐가 "또오"냐. 나는 농담을 하고 있는 게 아니다. 이렇게 불쾌하고 의도가 불명료한 질문을 던지는 사원은 여왕이 되자마자 해고해버릴 것이다. 최종 면접에서 주로 문제가 된 것은 체력에 관한 것이었다. 필기시험 때 심리테스트도 함께 했다.

비교적 집에 있는 걸 좋아하는 편이다, YES · NO

이런 질문이 200개 정도 계속되는 시험이었다. 그야 나는 '비교적' 집에 있는 걸 좋아하고, 여럿이 떠드는 것보다 혼자 만화 보는 걸 더 좋아한다. 그랬더니 최종 면접에서 기계가 판정한 테스트 결과에 대해 면접관이 신경을 몹시 곤두세웠다.

"학생은 상당히 비활동적이라는 결과가 나왔는데."

"그런가요? 그렇지도 않습니다. 휴일이면 전통 예술을 조사하러 가기도 하고, 친구와 언더그라운드 연극도 하고, 영화도 일주일에 한두 편씩 보고, 만화 카페에도 그 정도 갑니다."

"정말? 그렇지만 이 결과대로라면, 전혀 집에서 나가지 않는 사람 같은데."

YES·NO 퀴즈로 뭘 알 수 있다는 거지? 내 성격을 그런 것으로 판정받고 싶지 않다. '비교적' 혼자 멍하니 있거나 친한 친구들과 오붓하게 노는 걸 좋아하긴 하지, 하는 기분으로 체크했더니 그런 결과가 나온 것뿐이다.

"그럼 운동 같은 건?"

"안 합니다. 그러나 일상생활에는 지장이 없습니다. 최근 3년 동안 감기 한 번 걸린 적이 없습니다."

어떻게든 '활동적인' 인간이란 인상을 심어주려고 나는 필사적으로 저항했다. 하지만 면접관들은, "건강하군요."하고 믿기지 않는다는 웃음을 지었다. 감기에 걸리지 않은 걸 어필해서 괜히 손해만 본 느낌이 들었다. "바보는 감기에 걸리지 않는다"는 말만 상기시켜주고 끝난 것 같다. 내가 여왕이 되면 운동 경력이니 건강이니 그런 것은 테스트하지 않도록 철저히 훈련시키겠다. 어리석은 심리테스트도 없앨 것이다. 그런 것으로 인간의 내면을 판정할 수 있을 리가 없고, 그저 건강한 사람을 채용해야만 회사가 번성한다는 보장도 없기 때문이다.

비에 젖은 우편함을 내려다보면서 여왕이 되었을 때를 위해 개혁안을 계속 짜고 있었다.

귀여운 오토바이 소리가 나고, 비옷을 입은 우편배달부가 편지를 떨어뜨리고 갔다. 그 순간 몽상에서 깨어난 나는 맹렬한 기세로 마룻바닥을 달려나갔다.

"뭐니, 가나코? 좀 조용히……."

잔소리를 하는 새엄마의 목소리가 도플러 효과를 일으켰다. 비에 젖은 징검돌을 우산도 쓰지 않고 뛰어, 한달음에 문까지 갔다. 우편함을 열자, 역시나 마루가와에서 온 봉투가 들어 있다. 이것으로 만화에 절어 지내는 샐러리맨 생활을 할 수 있을지 어떨지, 보너스를 받을 수 있는 인생이 될지 어떨지가 결정된다.

"아아아, 가슴이 너무 뛰어서 눈이 침침해지는구나."

떨리는 손으로 봉투를 뜯어 알맹이를 꺼냈다.

'참으로 유감스럽게도, 이번에는 채용을 보류하게 되었습니다.'

우욱. 꿈이 깨지다! 털썩 땅바닥에 양손을 짚고 엎어진 채 비를 맞았다.

"빌어먹을, 마지막의 마지막까지 가서 떨어뜨릴 거라면 처음부터 떨어뜨렸어야지! 기대하고 있었잖아. 지금껏 '여왕이 된 뒤의 계획'을 세우고 있었는데!"

도저히 참을 수 없다. 분하다. 최종 면접에서,

"수영을 합니다. 1만 킬로미터는 헤엄칩니다."

혹은,

"육상을 합니다. 100미터 8.4초입니다."

하고 적당하게 거짓말을 하는 게 좋았을까. 한참 동안 이렇게 엎어져 있으면, 혹시 새엄마가 뭐하는지 보러 나왔다가 위로를 해주지 않을까 생각하고 있는데 멀리서 차 소리가 난다. 이 모습을 지나가는 사람들이 본다면 또 이웃에 소문이 날 것이다.

"후지사키 씨네 가나코 양이 문 앞에서 짐승처럼 울부짖고 있었어."

어떡하지. 무릎도 차갑고 이제 슬슬 일어날까 생각하고 있는데, 차가 점점 가까이 다가왔다. 소형트럭 소리가 들려오더니 내가 한 손에 편지를 든 채 기고 있는 문 앞에서 차가 멈췄다.

"니 머 하고 있노?"

놀라서 얼굴을 드니, 세상에 시노부가 운전석에서 내리고 있었다.

"시, 시시시, 시노부? 어떻게 여기에?"

너무 놀란 나머지 더듬거리면서 일어서자, 조수석에서 내려온 사람은…….

"다빗토오오!"

나는 동생에게 달려들어 가슴과 배에 펀치를 날려주었다.

"어머니! 어머니!"

집을 향해 소리치자 새엄마가 황급히 현관으로 달려나왔다.

"가나코! 뭐니, 너는? 아까부터 혼자서 야단법석이나 떨고!"

"다비토가 돌아왔어요!"

새엄마는 슬리퍼도 신지 않은 채 맨발로 문까지 달려왔다.

"다비토! 세상에, 어떻게 된 거니, 너?"

배를 감싼 채 웅크리고 있는 아들을 보고 새엄마는 창백해졌다.

"괜찮습니더. 가나코가 날린 한 방이 좀 세서 그렇습니더."

새엄마는 시노부의 말은 귀에 들어오지 않는지 동생 앞에 무릎을 꿇었다.

"다비토, 대체 어디 갔던 거니? 모두 걱정했다."

두 손으로 얼굴을 가리고 우는 새엄마를 보고 나도 시노부도 숙연해져서 빗속에 그대로 서 있었다.

"미안해, 엄마, 누나."

새엄마는 얼굴을 번쩍 들더니 쑥스러운 듯이 사과하는 동생의 머리를 때렸다.

"사과할 거라면 처음부터 나가질 말았어야지! 그럴 때만 어린아이 같다니까."

"와일드하시네."

어이없다는 듯이 시노부가 웃었다. 그리고 트럭 짐칸에서 파란 비닐 시트를 덮어 쓰고 있는 물체를 흔든다.

"어이, 히사시. 일어나라. 다 왔다. 이런 짐칸에서 잘도 자고 앉았네."

비닐 시트 덩어리가 일어나는 바람에 고여 있던 빗물

이 흘러 떨어졌다. 시트 틈으로 얼굴을 내민 것은 시노부의 동생, 히사시였다.

"안녕, 가나코. 오랜만이네. 아, 어머니십니까? 처음 뵙겠습니더."

놀라서 어안이 벙벙해진 새엄마와 나를 현실로 데려다놓은 것은 뻔뻔스러운 동생의 한 마디였다.

"엄마, 우리 배고파."

그날 밤 잔치가 열렸다. 아버지와 다니자와에게는 동생이 스스로 집에 돌아왔다고 전화로 보고했다. 수화기를 내려놓은 동생이 마른 침을 삼키며 지켜보던 새엄마와 나를 돌아본다.

"아버지가 귀가를 축하하는 선물로 초밥을 10인분이나 주문해주신대."

"뭐, 뭐야, 그건?"

또 엇갈리는 짓을 하는 아버지에게 짜증이 났다.

"기자라기 초밥집에 주문하실 거래."

상점가에 있는 초밥집 이름이었다.

"10인분이라……. 가나코, 친구들을 부르렴. 저 사람들과 아는 친구들 있었잖니?"

새엄마는 시노부와 히사시가 쉬고 있는 방 쪽을 가리키며 내게 지시했다.

"그래, 니키 형과 스나코 누나를 부르자. 시노부 형도 좋아할 거야."

나는 동생의 손에서 수화기를 빼앗았다.

일부러 집까지 찾아와준 니키와 스나코도 합류해 배달된 초밥을 먹었다. 술을 추가해준 새엄마는 이따금 존재를 확인하듯 동생을 바라보았다. 그 모습을 보자 나는 그제야 동생이 돌아왔다는 실감이 났다. 시노부네 마을에 있을 때는 통화권 밖이어서 먹통이 되었던 휴대전화가 통하자 동생은 아까부터 무사귀환을 축하하는 친구들의 전화를 받느라 바쁘다. 동생의 친구들은 연결이 되지 않는 휴대전화에 매일 밤 거르지 않고 전화를 했다고 한다.

"니키 형에게도 걱정 끼쳐서 죄송해요."

동생은 연락을 받고 부랴부랴(그래도 세 시간이나 걸리지만) 집까지 와준 니키에게 사과했다.

"아냐, 무사해서 다행이야. 시노부네 마을에 있었지?"

니키는 모든 것을 다 꿰고 있었다. 알고 있었어? 하고 놀라는 스나코와 내게 니키가 설명했다.

"혹시 그런 게 아닐까 했지. 다비토가 가출했을 때, 타이밍도 절묘하게 스나코네 집에 시노부에게서 전화가 왔다고 했잖아? 혹시 다비토가 시노부네 마을에 간 게 아닐까? 그래서 정말 가나코의 동생인지 확인하려고 전화를 했던 게 아닐까 생각했어."

"예리하네."

시노부가 청주를 병나발로 불면서 웃는다.

"다비토가 말이야, 아침저녁 한 대씩밖에 없는 버스를 운 좋게 얻어 타고, 한밤중에 후모토 역에서 우리 마을까지 찾아온 기라. 그런데 느닷없이 '후지사키 가나코의 동생입니다, 잠시 머물게 해주십시오' 라고 하데. 진짠지 가짠지 어떻게 알겠노? 그래서 도쿄에 전화를 해본 거 아니가?"

니키라면 금방 눈치챌 것 같아 스나코에게 알아보려고 한 것이다.

"내가 둔하다는 말이군."

스나코가 토라졌다.

"그랬더니 정말로 '가나코 동생이 가출했어.' 하는 게 아냐. 진짜 깜짝 놀랐데이."

초밥을 열심히 먹으면서 히사시도 말을 거든다. 니키는 제일 좋아하는 초밥을 앞에 두고 기뻐서 어쩔 줄 모른다.

동생은 내 수첩에서 주소를 보고 가출지를 전통 예술이 남아 있는 시노부네 마을로 정했다고 했다. 큰북춤 연습을 견학하기도 하고, 밭일이며 산을 둘러보는 일도 거들면서 시노부네 집에 식객으로 얹혀 지냈다.

"아들이 정말 폐를 많이 끼쳤어요."

새엄마는 계속 미안해했다.

"아입니더, 마침 일손이 필요할 때여서 괜찮았습니더. 그렇지만 집에 연락하라 캐도 어찌나 고집을 부리든지 거기는 졌습니더."

시노부는 재미있다는 듯이 다비토를 흘끗 보면서 우리에게 말했다.

"이 녀석, 우리 마을에서는 휴대전화가 불통인 걸 계속 몰랐던 기라. 그래서 감시역을 하는 사람이 도저히 안 되겠다고, 전화하고 오라고 화를 냈지."

"통화권 밖이었다는 걸 알고서야 부랴부랴 아버지한테 전화했잖아."

캬하하하 웃으면서 히사시가 폭로했다. 휴대전화로

친구와 이야기를 하면서 다비토는 살짝 빨개진 얼굴로 이쪽을 노려보았다.

"그런 산속에서 휴대전화가 될 리 없지."

아무리 마셔도 안색 하나 바뀌지 않은 얼굴로 단언하는 시노부에게 스나코는 안타까운 듯이 한숨을 쉰다.

"시노부 형제는 여전히 꽃미남이네."

시노부와 히사시는 그 험한 산속에서부터 소형트럭을 운전해 동생을 데려다주러 왔다. 우리 현관 앞에 세워둔 흰색 소형트럭의 짐칸 뒤에는 페인트로 '시노부'라는 이름이 적혀 있다. 마을에서는 어느 집에서나 같은 모양의 소형트럭을 갖고 있어서, 어느 집의 누구 것인지 알기 쉽도록 하나같이 짐칸에다 이름을 쓴다고 한다. 따라가서 도쿄 구경을 하겠다며 한사코 고집을 부리는 히사시를 짐칸에 뒹굴게 하고서 시노부는 소형트럭을 몰고 산길을 내려와 도메이 고속도로를 질주했다고 한다.

"믿을 수 없더라구요, 히사시 형. 바람 쌩쌩 부는데다 요란하게 흔들리는 짐칸에서 여덟 시간이나 있다니. 내가 몇 번이나 '교대할게요'라고 했는데도 듣지 않았어요."

휴대전화를 끊은 동생은 시노부의 늠름한 동생을 존

경의 눈으로 바라보았다.

"그런 건 아무것도 아이다. 자고 있으면 차가 델다주는데, 뭐."

히사시는 태연히 말했다.

"이 녀석은 나뭇가지 꺾다가도 공중에서 자는 놈이라카이. 신경이 남달라."

가냘픈 시노부는 자기보다 덩치가 훨씬 큰 동생이 대견하다는 얼굴이다.

"니 돌아갈 때는 조수석에 똑바로 타야 된데이. 순경한테 걸리면 큰일나."

"에이. 나는 짐칸이 더 좋은데. 뒹굴거릴 수도 있고."

시노부는 불만스러워하는 히사시를 한 번 쓰윽 노려보는 것으로 입을 다물게 했다.

"그건 그렇고, 너거 취직은 우째 됐노? 결정됐나?"

재미있다는 듯이 묻는 시노부에게 니키와 스나코는 아차 하는 얼굴로 나를 보았다.

"맞아! 오늘이 발표날이잖아."

"마루가와, 어떻게 됐어?"

"떨어졌습니다."

말 떨어지기 바쁘게 대답해주었더니, 같이 있던 일동

이 털썩 어깨를 떨구었다.

"괜찮아. 여름까지 구하기는 힘들겠지만, 앞으로도 작은 출판사들은 느긋하게 시험 볼 수 있으니까."

"에효, 우리 이제 취업 활동 그만두지 않을래? 회사에 대한 미련은 버리고, 아르바이트나 하며 살면 어때?"

이런 스나코의 말을 받아 자세한 사정도 모르는 시노부와 히사시까지 가세한다.

"그거 좋겠네. 너거는 회사에서 일하는 거 너무 안 어울린다카이."

순간 맞는 말이란 생각이 들었지만, 나는 불끈했다.

"다들 내 의욕에 찬물 끼얹지 마라."

그러나 니키가 "하지만 결단을 내리는 것도 중요할지 몰라." 하는 바람에 나는 이내 입을 다물었다. 알코올 탓에 두 배는 더 약해졌다.

"그렇지만…… 아무리 이상한 인간들이 버티고 있어도 역시 나는 만화나 책을 만들어보고 싶어. 아직 포기할 수 없어."

급기야 나는 우는 소릴 했다.

니키는 내 푸념은 들은 척도 하지 않고 초밥을 먹느라 정신이 없다. 책 읽는 것만큼이나 열심이네. 스나코가 질린 듯 말했다. 히사시가 천연덕스럽게 제안한다.

"차라리 모두 우리 마을에 오는 게 어떻노? 스나코, 내 마누라 돼라."

"싫어. 시노부라면 좀 생각해보겠지만."

"바보, 시노부 형은 애인 있다. 이 인간은 생긴 건 이렇지만 성질이 못됐다카이."

스나코를 꼬드겨보려던 히사시가 시노부의 팔꿈치에 멋지게 한 방 맞는다.

"쓸데없는 소리 하지 마라, 오줌싸개야."

아야야, 하고 머리를 감싸는 히사시를 가엾게 생각하면서도, 시노부가 무서워 아무도 달래주려 하지 않았다.

"그렇지만 솔직히 지금까지 퇴짜를 맞다 보니, 은근히 결혼이나 할까 싶은 생각도 들긴 해."

스나코는 무엇을 상상하고 있는지 멍하니 허공을 바라본다.

"하하, '노브 군'?"

놀리듯이 묻는 니키에게, "설마." 하고 스나코는 부정했다.

"노브는 안 돼. 부자가 아니거든. 철마다 옷을 산더미처럼 사주고, 집안일은 도우미에게 시키는 그런 생활을 하게 해줄 남자 어디 없을까?"

"없어."

"있을 리 없지."

"있으면 내가 결혼하고 싶데이."

남자들은 저마다 한 마디씩 하며 스나코의 몽상을 잘라버렸다. 나는 스나코보다 수위를 좀 낮춰서 결혼 이야기를 꺼냈다.

"그렇게까지 사치스럽게 생활하지 않아도 좋으니 날마다 만화책에 둘러싸인 생활을 보장해주는 이해심 많은 남자 어디 없을까?"

초에 절인 생강을 입에 넣으면서 히사시가 어깨를 으쓱한다.

"결혼이란 게 결국 가까운 데 다 있더라고. 주변에 좋은 남자 없어?"

스나코와 나는 동시에 항상 가까이 있는 유일한 남자인 니키를 쳐다보았다.

"어, 나?"

마치 어두운 화장실 바닥에 떨어져 있는 해삼을 모르고 힘껏 밟았을 때처럼 니키는 몹시 징그럽다는 표정을 지었다.

야단법석을 떠는 술자리에서 새엄마는 일찌감치 퇴장했다. 그러고 보니 마루가와의 불합격 통지서를 우왕좌왕하느라 잃어버렸네, 하는 생각이 들었다. 아마 정원 어디쯤에서 비에 젖고 있을 것이다. 하지만 그런 나의 의식도 알코올에 금방 녹아버렸다.

시노부와 히사시는 며칠 동안 더 집에 머물렀다. 동생은 지금까지 땡땡이친 대가를 치르느라 매일 꼬박꼬박 등교했지만, 스나코와 나와 니키는 한가했다. 함께 도쿄 구경을 하기도 하고, 날씨 좋은 날 바다에 가서 때 이른 불꽃놀이도 하며 즐겁게 지냈다.

시골로 돌아가는 두 사람을 배웅하기 위해 이른 아침 동생과 나는 대문 앞에 서 있었다. 시노부는 소형트럭 짐칸에 타려고 하는 히사시를 끌어내린 뒤, 우리 쪽으로 다시 돌아섰다.

"신세 마이 졌다. 다비토, 이제 집 나가지 말거레이."

"응. 여러 가지로 고마웠어."

시노부가 고개를 끄덕이더니, "야, 니 잠 덜 깼나?" 하고 아직 졸음에 젖어 있는 히사시를 재촉했다.

"또 보자, 가나코. 한가해지면 언제든지 우리 동네 놀러온나."

히사시는 눈을 비비면서 태평스레 말했다.

"고마워, 조심해서 돌아가."

두 사람은 트럭에 올라탔다. 히사시는 조수석이 답답한 것 같다. 시노부가 창문을 수동으로 내렸다.

"가나코, 회사에 들어가는 것만이 '어른'이 되는 건 아이다. 우리도 회사에 들어간 적 없지만, 그래도 나름대로 돈 벌어서 잘 먹고 잘 산다 이 말이야."

시노부는 창으로 손을 내밀었다.

"매일 몸을 움직이다 보면, 저절로 먹고 살 길이 보인다고. 뭐 어째 됐거나 꼭 회사에 들어가야 한다고 생각하면서 속 태우면 안 된데이."

"그래, 고마워."

나는 이런저런 감사의 마음을 담아 시노부의 손을 잡았다. 지금까지 줄곧 도시에서만 살았고, 주변에 아무도 1차 산업에 종사하는 사람이 없는 환경에서 자란 나는 시노부의 말이 꿈같은 이야기처럼 실감이 나지 않았다. 그래도 시노부의 따뜻한 마음은 전해져왔다.

우리가 힘차게 악수를 나누고 있을 때 집 안에서 새엄마가 나왔다.

"시노부 군, 히사시 군. 정말 신세가 많았어요. 마을의 여러분께도 인사 전해줘요. 이건 도시락."

"아, 억수로 고맙습니더."

새엄마는 황급히 차에서 내리려는 시노부와 히사시를 말리며 창문으로 커다란 도시락 두 개를 넣어주었다.

"그럼. 니키하고 스나코한테도 인사 전해줘. 언제 전부 같이 놀러온나."

하얀색 소형트럭은 신나게 엔진을 회전시키며 달리기 시작했다. 히사시는 비좁은 조수석에 그 큰 몸을 쑤셔넣고 앉아 모퉁이를 돌 때까지 우리에게 손을 흔들었다. 시노부가 우아하게 손을 한 번 흔들자 '시노부' 호는 구름이 많이 낀 아침 고향으로 돌아갔다. 트럭이 보이지 않는데도 한참 동안 문 밖에서 그들을 지켜보았다.

"자, 다비토. 이제 밥 먹고 학교 가야지." 새엄마가 재촉했다.

"가나코도. 취직도 중요하지만 그 전에 기말 고사 남았잖니? 공부는 하고 있는 거냐? 졸업 논문도 써야 하는데."

언제나처럼 잔소리를 해대는 새엄마 때문에 나와 동생은 진절머리를 치며 마주 보았다. 하지만 우리는 전보다 가족다워진 것 같다. 올봄부터 벌어진 여러 일들이 우리 안에서 작은 폭풍을 일으켰지만 이제 그 바람도 멎는 듯하다. 남은 것은 앞으로도 한동안 이 멤버로 살아가는구나, 하는 체념과 비슷한 깔끔한 결론이다.

이 집에서 항상 누군가의 시선에만 신경을 쓰던 새엄마가 처음으로 자식들의 얼굴을 찬찬히 바라보았다.

"어머니."

왜? 하고 돌아보는 새엄마에게 나는 애매하게 웃으며 고개를 저었다.

"징그럽게 왜 히죽거리고 그래."

새엄마는 눈썹을 찡그리더니 얼른 발길을 돌려버린다. 그 등을 보면서 한 번 더 "어머니." 하고 소리 없이 불러보았다.

극적이지 않은 생활 속에서 극적인 것은 아무것도 없었지만, 그래도 우리는 뭔가를 회복했다.

새엄마 뒤를 따라 들어가며 현관문을 닫으려다가 하늘을 올려다보았다. 조각구름 사이로 날이 훤히 밝아오고 있다. 아마 장마가 끝난 모양이다.

간신히 연습 발표와 시험 리포트를 마치고 우리는 여름방학에 들어갔다. 과에서도 취직이 결정된 사람은 얼마 되지 않았다. 스나코는 정말 취업 활동 따위는 관뒀는지 방학이 시작되자마자 바로 고향으로 내려갔다.

"큰북춤 축제에 맞춰 함께 시노부네 산골로 놀러가자. 동생도 함께."

니키는 올 여름에는 공부를 하겠다고 한다.

"지금까지는 취업 활동과 양다리 걸치느라고 제대로 못했잖아. 이제 좀 본격적으로 공부를 하고 싶어."

"열심히 해서 선생님의 마음을 얻으렴."

넌지시 떠보았더니 니키는 그야말로 얼굴이 새빨개졌다. 그런 니키를 본 적이 없어서 내가 더 깜짝 놀랐다.

오늘은 사이온지 씨가 여행을 떠난다. 사이온지 씨는 점심때쯤 집으로 왔다. 처음 있는 일이었다. 안으로 들어오려고 하지는 않았다. 슬리퍼를 끌고 대문까지 나온 내게 사이온지 씨는 한아름은 되는 오동나무 상자를 건네주었다.

"제법 무거우니 조심해."

"뭐예요?"

"나중에 열어봐. 가나코에게 조금은 도움이 될 거야."

나는 눈이 시리도록 새것인 오동나무 상자를 보았다. 아무것도 원하지 않아요. 다만 여행 같은 건 가지 말고 줄곧 옆에 있어주면 좋겠어요. 그렇게 생각했지만, 말이 나오지 않았다. 그래서 그냥 말없이 고개만 숙이고 있었다.

"가시는군요."

짐은 놀라울 정도로 적었다. 그러나 확신을 담아 물었다.

"언제까지고 가나코의 응석을 받아주고 싶었는데, 그걸 못하게 됐네."

사이온지 씨도 나와 같은 마음이다. 그것만도 다행이라 생각하면서 나는 투정을 애써 삼키고 눈물을 참았다. 그리고 가능하면 많은 기억을 간직할 수 있도록 지금까지 나를 지켜주고, 불평을 들어주고, 내게 새로운 세계를 가르쳐준 남자를 바라보았다.

"배웅하러 가도 돼요?"

그가 고개를 저었다.

"역까지만이라도요."

대답을 듣기도 전에 현관으로 달려가, 받은 상자를 조심스럽게 내려놓고는 스니커즈로 바꿔 신고 돌아왔다. 그가 기다려주었다. 우리는 어깨를 나란히 하고 역까지 천천히 걸었다.

"가나코, 여름방학이구나."

"네. 그리고 전에 말했지만, '매일이 여름방학'에 가까워지고 있어요."

상점가 아케이드 아래에서 사이온지 씨가 웃었다.

"전에 말했지만."

장난스럽게 말을 반복하며 사이온지 씨는 말한다.

"그것도 나쁘진 않네."

사이온지 씨의 눈길은 지금까지 살아온 자기 자신을, 그리고 이제부터 떠나는 여정을 똑바로 응시하고 있었다. 그래서 "그러게요." 하는 말이 자연스럽게 내 입을 뚫고 나왔다.

"설령 '매일이 여름방학'이 된다 해도, 내 자신을 믿고 살아갈 거예요."

커피숍 앞을 지날 때, 사이온지 씨는 지배인에게 눈인사를 했다. 지배인이 얼른 밖으로 뛰어나왔다.

"사이온지 씨, 오늘 떠나시는군요……."

"예. 맛있는 커피, 고마웠어요."

지배인은 힘없이 고개를 저으며 말했다.

"늘 쓰시던 사이온지 씨의 컵은 그대로 챙겨두겠습니

다. 언제라도 들러주세요."

"고마워요."

역은 벌써 코앞이다. 우리를 지켜보며 서 있던 지배인이 갑자기 큰 소리로, "가나코!" 하고 불렀다. 무슨 일인가 돌아보니,

"다비토가 돌아와서 다행이야."

지배인은 그렇게 말하고 손을 흔들며 가게로 돌아갔다. 사이온지 씨가 웃는다.

"그렇구나. 요즘 몇 달 동안 가나코네 집은 평소보다 더 이 마을의 화제가 됐었지."

"그리고 지금 또 새로운 화제를 제공하고 있네요. '후지사키 가의 딸, 아직도 취직 안 됐대', '어머나, 어째, 어째' 하고."

사이온지 씨는 힘을 북돋워주듯이 내 어깨를 꼭 껴안았다.

"회사에 들어가는 아이는 많이 있을지도 모르지만, 이런 노인네를 진심으로 사랑하는 젊은 아가씨는 별로 없을 거다."

이미 역까지 왔지만, 우리는 서로 꼭 껴안았다.

"그렇게 말하자면 젊은 아가씨를 진심으로 사랑하는

노인네도 별로 없을 거예요."

"봄에 교토에 갔었지? 그때 들른 가게 기억나?"

"데려가주신 곳은 전부 기억하고 있어요."

사이온지 씨는 안심한 듯이 끄덕이더니,

"거기로 가져가면 돼." 하고 말한다.

무슨 말인지 몰라 몸을 떼고 고개를 갸웃거렸다. 사이온지 씨는 표를 사러 가버렸다. 얼른 뒤를 따라가 입장권을 사려고 했다. 사이온지 씨는, "개찰구에서 안녕 하자. 중국까지 함께 가버릴 것 같으니까." 하고 나를 말렸다.

달랑 가방 한 개만 들고 자동 개찰구를 빠져나간 사이온지 씨는 천천히 플랫폼 계단을 올라간다. 오가는 사람들이 깜짝 놀란 얼굴로 나를 바라봤지만, 아무리 애써도 눈물이 멈춰지질 않았다.

"사이온지 씨!"

가슴에 막힌 뜨거운 덩어리를 토해내듯이 그의 이름을 불렀다. 사이온지 씨는 계단 위에 멈춰서더니, 뒤를 돌아보며 모자를 흔들었다.

"편지 주세요! 꼭요!"

끄덕이는 사이온지 씨는 때마침 들러온 전철에서 도착한 인파에 둘러싸여버린다. 그 파도가 가셨을 때, 사이온지 씨의 모습은 이미 보이지 않았다.

울면서 밖으로 나오니, 언덕 위 공원 전망대에 그림자 하나가 보였다. 다네 할머니구나. 사이온지 씨를 어릴 때부터 알고 있는 다네 할머니는 여행을 떠나는 그를 멀리서 배웅하고 있었다.

집에 돌아와 오동나무 상자를 열어본 나는 깜짝 놀랐다. 안에는 훌륭하게 표구까지 한 사이온지 씨의 글이 족자 형태로 들어 있었다. 펼쳐보니 한시의 한 구절 같은 글과 와카(일본 고유 형식의 시—옮긴이)가 쓰여 있다.

"들고 가라는 게 이거였던 거야……."

사이온지 씨는 교토의 단골 서화점에 이것을 팔러 가면 된다고 한 것이다. 가게 주인은 아무리 의뢰를 해도 사이온지 씨가 이런 족자 형태는 쓰지 않기 때문에 가치가 있다고 말했었다.

"이런 것 해주지 않아도 괜찮은데……."

펼쳐놓은 족자를 원래대로 감으면서 중얼거렸다. 그러다 상자 바닥에 비단 주머니에 든 다른 족자를 발견했다.

그것을 주머니에서 꺼내 펼쳐보았다. 먹색도 검디검게, 오직 한 자.

'脚'

그것은 몹시 평온하고 힘차게, 그러나 섬세하고 여유롭게 쓰여 있었다. 나는 웃었다. 이것은 사이온지 씨가 오로지 나를 위해서 써준 글씨다. 그의 애정이 시리도록 생생하게 전해져왔다. 나는 웃다가 또 울었다.

벽에 못을 박고 나만을 위한 글자가 각인되어 있는 족자를 걸었다. 방 한가운데 앉아 그걸 바라보고 있으려니, 살풍경했던 방에 긴장감이 도는 것 같다.

새엄마와 시마다 씨가 부엌에서 요리를 하는 기척이 난다. 스나코는 지금쯤 집에서 마음껏 쉬고 있겠지. 오늘밤은 니키가 동생에게 놀러오기로 했다. 친구가 만든 게임을 입수했다나 뭐라나.

"누나."

미닫이문을 두드리는 소리가 났다.

"응?"

울고 난 뒤라 콧소리로 대답했다. 미닫이문을 열고 동생이 내 얼굴을 들여다보았다.

"시노부 형네 집에 신세 진 답례로 과자라도 보내고 싶어. 엄마가 벌써 과일 같은 걸 보낸 것 같은데, 나도 따로 인사를 하고 싶어서. 같이 사러 갈래?"

"좋아."

나를 위해 문을 활짝 열어주던 동생이 방에 걸린 '脚'을 발견했다.

"우와, 뭐야, 저거?"

"좋지? 사이온지 씨가 준 거야."

자랑스럽게 족자를 보는 내 얼굴을 보며 동생이 나직하게 물었다.

"간 거야, 지 씨?"

"응……."

복도를 걸으면서 동생이 담배를 입에 문다. 그리고 침울한 공기는 전혀 개의치 않고 말한다.

"그런데 누나 다리가 그렇게 예쁜가? 각도에 따라서는 무 다리인데."

"시끄러워."

막 불이 붙으려고 하는 담배를 옆에서 가로채 뚝 부러뜨고는 전화기가 놓여 있는 탁자 위로 던졌다.

"뭐 하는 거야?"

"고등학생인 주제에 넌 왜 그렇게 당당하게 피우는 거야!"

"누난 상관없잖아. 그것보다 여름방학이라고 늘어지게 집에만 있던데, 괜찮은 거야? 취직은 어떻게 됐어?"

현관을 열자 어스름한 여름 저녁의 냄새가 풍겼다.

"넌 상관없잖아. 활동은 좀더 계속하겠지만, 그래도 취직이 되지 않으면 거기까지야. 나도 모르겠어, 어떻게 될지."

"누난 백수구나."

구시렁거리는 동생을 뒤에 두고 징검돌을 뛰어 대문까지 갔다.

"빨리 서두르지 않으면 니키가 우리보다 먼저 올 거야."

다시 새 담배에 불을 붙이는 동생을 데리고 쇼핑객이 붐비는 상점가로 걸어갔다.

어, 내 얘기잖아?

"난 말이야, 텔레비전이나 담배가 없어도 전혀 상관없어. 하지만 책이나 만화가 없는 생활이란 건 상상할 수가 없어."

– 본문에서

집에 읽을 책이 없으면 라면을 끓이다가도 불을 끄고 책을 사러 나갈 만큼 어릴 때부터 광적으로 책을 좋아했다는 미우라 시온. 그녀가 출판사에 취직해서 책 속에 둘러싸여 살기를 희망한 것은 지극히 당연한 일이었을 것이다. 대학을 졸업한 미우라 시온은 열심히 출판사 취업 활동을 하였고, 이런 미우라 시온을 면접에서 눈여겨본 하야가와서방早川書房의 편집자가 '보일드에그스'라는 에

이전시를 설립하며 그녀에게 콜을 함으로써 작가로 데뷔하게 되었다는 사실은 이제 어지간한 미우라 시온의 독자라면 모르는 사람이 없을 만큼 유명한 일화다.

미우라 시온이 여러 출판사들을 다니며 필기시험을 보고 면접을 보며 겪었던 경험을 바탕으로 쓴 데뷔작이 바로 이 『격투하는 자에게 동그라미를』이다. 미우라 시온은 이 소설에서 누구나 다 짐작할 수 있는 유명 출판사 이름을 명시하며 적나라한 면접담을 쏟아놓는다. 면접담의 사실 여부에 대해서는 '내가 직접 경험한 것 반, 지인에게서 들은 것 반' 이라고 그녀의 에세이에서 밝히고 있지만, 반반이라기에는 상황 묘사들이 너무 실감난다. 특히 K담사 면접은 리얼하다. 속을 뒤집어놓는 황당한 질문이나, 빈정대는 멘트, 면접도 하기 전에 당락을 이미 결정한 듯한 성의 없는 태도를 보이는 면접관으로 인해 비참하기 그지없는 심정으로 면접을 마친 주인공은 다시는 이 출판사에 오지 않을 것이라고 맹세한다. 눈치가 뻔한 독자들은 주인공 가나코의 모습과 미우라 시온을 오버랩시킬 수밖에 없다. 실제로 작가가 된 후 미우라 시온은 K담사에서 책을 별로 내지 않았다. 아무래도 이런 사실과 가나코의 맹세는 서로 무관하지 않을 것 같다.

남들은 열심히 취업 활동을 하는데 만화 카페에서 죽치며 다섯 시간 동안 만화책 열여덟 권을 읽어치우고 나오는 주인공 가나코. 그녀는 게으르고 천하태평인 성격에 어릴 때부터 열심히 해온 거라곤 만화책 읽기뿐으로, 아버지는 정치가이며 어머니는 계모, 동생은 이복동생, 애인은 일흔 살 가까이 된 할아버지라는 독특한 캐릭터다. '박터지게' 뭔가를 해본 적도 없고, 승부에 목을 맨 적도 없는 가나코는 치열한 세상에서 한 발자국 뒤로 물러나 소극적으로 살아간다. 아마, 어, 내 얘기잖아? 하고 공감하는 독자들이 많을 것이다. 무엇을 감추리오, 역자의 20대도 그런 모습이었던 것을. 출판사에 취직하는 게 꿈이었던 것마저 똑같다.

졸업하기 전에 취직해야 하는데, 하고 애타게 취업 활동을 하던 대학 졸업반 때의 초조함과, 시시한 질문이나 던지는 기분 나쁜 면접의 경험을, 누구나 한번쯤 암울한 심정으로 지나갔을 취업의 터널을 가나코는 너무나 실감나게 이야기하고 있다. 무거움을 가볍게 표현하는 미우라 시온 특유의 재주를 빌려서 말이다.

친구 같은 딸, 사춘기 소녀 정하에게 사랑을 보내며.

권 남 희